শিখব • বুঝব • বদলাব

বামপন্থা শিখতে হয়:

একটি প্রাথমিক কোর্স

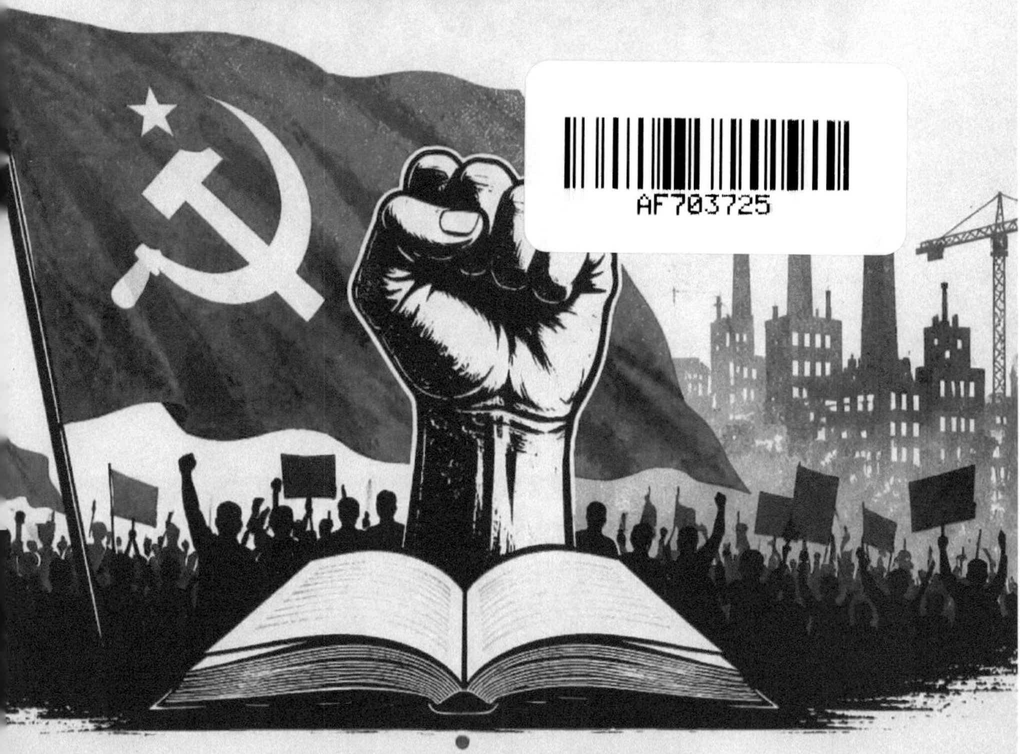

দেবব্রত বালা

প্রকৌশলী ও সমাজকর্মী

বামপন্থা শিখতে হয়

একটি প্রাথমিক কোর্স

দেবব্রত বালা

সূচিপত্র

কপিরাইট

বইয়ের নাম: বামপন্থা শিখতে হয়

লেখক: দেবব্রত বালা

প্রথম প্রকাশ: ২০২৬

লেখক:

দেবব্রত বালা (প্রকৌশলী ও সমাজকর্মী)

মুখবন্ধ

"বামপন্থা কেন শিখব?"—এই প্রশ্নের উত্তর খুঁজতেই এই বইয়ের জন্ম।

মানুষ জন্মগতভাবে কোনো মতাদর্শ নিয়ে জন্মায় না; শিক্ষা, অভিজ্ঞতা এবং সমাজ-বাস্তবতার মধ্য দিয়েই তার চিন্তার বিকাশ ঘটে। বামপন্থাও তেমনি একটি বৈজ্ঞানিক ও মানবমুক্তির দর্শন, যা কেবল আবেগ বা স্লোগানের বিষয় নয়–এটি অধ্যয়ন, অনুশীলন এবং সংগ্রামের বিষয়।

আজকের সময়ে বামপন্থা সম্পর্কে নানা বিভ্রান্তি, অপপ্রচার এবং অর্ধসত্য তথ্য প্রচলিত রয়েছে। অনেকেই বামপন্থাকে না জেনেই সমর্থন করেন, আবার অনেকে না বুঝেই বিরোধিতা করেন। অথচ যে কোনো আদর্শকে গ্রহণ বা সমালোচনা করার আগে তাকে জানা, বোঝা এবং বিচার করা প্রয়োজন। সেই কারণেই বামপন্থা শেখা জরুরি।

যেমন চিকিৎসাবিজ্ঞান না শিখে একজন দক্ষ চিকিৎসক হওয়া যায় না, প্রকৌশল না শিখে প্রকৌশলী হওয়া যায় না, কিংবা নিয়ম-কৌশল না জেনে একজন সফল খেলোয়াড় হওয়া সম্ভব নয়–তেমনি সমাজ পরিবর্তনের রাজনীতি করতে হলেও বামপন্থার দর্শন,

ইতিহাস, অর্থনীতি, সংগঠন এবং রাজনৈতিক কৌশল সম্পর্কে সুস্পষ্ট ধারণা থাকা অপরিহার্য। কেবল আবেগ দিয়ে আন্দোলন গড়ে ওঠে না; তার জন্য প্রয়োজন জ্ঞান, শৃঙ্খলা এবং সঠিক রাজনৈতিক শিক্ষা।

এই বইয়ের মূল উদ্দেশ্য হলো সহজ ও প্রাঞ্জল ভাষায় বামপন্থার মৌলিক ধারণা, কমিউনিজমের ভিত্তি, সংগঠনের নীতি এবং রাজনৈতিক কাজের প্রাথমিক কৌশল পাঠকের সামনে উপস্থাপন করা। জটিল তাত্ত্বিক আলোচনাকে সহজভাবে ব্যাখ্যা করে এমন একটি প্রাথমিক পাঠ্য তৈরি করার চেষ্টা করা হয়েছে, যাতে নতুন পাঠকও বিষয়গুলো সহজে উপলব্ধি করতে পারেন।

এই বই বিশেষভাবে তাঁদের জন্য, যারা বামপন্থী আন্দোলন সম্পর্কে জানতে আগ্রহী; ছাত্র-যুব, শ্রমিক, কৃষক, সমাজকর্মী, রাজনৈতিক কর্মী এবং সমাজে বৈষম্য, শোষণ ও অন্যায়ের বিরুদ্ধে একটি ন্যায়ভিত্তিক সমাজ গঠনের স্বপ্ন দেখেন। একই সঙ্গে যারা কমিউনিজম সম্পর্কে নিরপেক্ষভাবে জানতে চান, তাদের কাছেও এই বইটি একটি প্রাথমিক সহায়ক গ্রন্থ হিসেবে কাজ করবে।

আমার বিশ্বাস, রাজনৈতিক শিক্ষা ছাড়া সুসংগঠিত রাজনৈতিক চর্চা সম্ভব নয়। যদি এই বই পাঠকদের মধ্যে প্রশ্ন করার সাহস, জানার আগ্রহ, যুক্তিবাদী চিন্তা এবং সমাজ পরিবর্তনের দায়বদ্ধতা আরও গভীর করে তুলতে পারে, তবে এই প্রচেষ্টা সার্থক হবে।

পাঠকদের গঠনমূলক মতামত, সমালোচনা ও পরামর্শ ভবিষ্যতের সংস্করণকে আরও সমৃদ্ধ করবে–এই প্রত্যাশা রইল।

দেবব্রত বালা

প্রকৌশলী ও সমাজকর্মী

প্রতিবেদন

কমিউনিস্ট হওয়া কেবল পরিচয়ের বিষয় নয়, এটি শিক্ষা, চর্চা ও সংগ্রামের বিষয়

আজকের সময়ে অনেকেই নিজেদের বামপন্থী বা কমিউনিস্ট বলে পরিচয় দেন। কিন্তু কেবল একটি রাজনৈতিক দলে যোগদান করলেই বা একটি পতাকা হাতে নিলেই কেউ কমিউনিস্ট হয়ে যান না। কমিউনিজম একটি সুসংহত দর্শন, বিজ্ঞানসম্মত সমাজবিশ্লেষণের পদ্ধতি এবং দীর্ঘ রাজনৈতিক-সাংগঠনিক চর্চার ফল।

যেমন চিকিৎসক হতে হলে চিকিৎসাবিজ্ঞান শিখতে হয়, প্রকৌশলী হতে হলে প্রকৌশলবিদ্যা আয়ত্ত করতে হয়, একজন দক্ষ ফুটবলার হতে হলে নিয়মিত প্রশিক্ষণ নিতে হয়, কিংবা একজন শিল্পী হতে হলে সঙ্গীত বা শিল্পকলার সাধনা করতে হয়—তেমনি একজন কমিউনিস্ট হতে হলেও মার্কসবাদ, ইতিহাস, অর্থনীতি, রাষ্ট্রবিজ্ঞান, সমাজবিজ্ঞান এবং শ্রমজীবী মানুষের বাস্তব জীবন সম্পর্কে ধারাবাহিক শিক্ষা গ্রহণ করতে হয়।

বামপন্থা শুধুমাত্র আবেগের বিষয় নয়; এটি যুক্তি, তথ্য, বাস্তব অভিজ্ঞতা এবং আত্মসমালোচনার ওপর প্রতিষ্ঠিত। একজন কমিউনিস্টকে সমাজের শ্রেণি কাঠামো, উৎপাদন ব্যবস্থা, শোষণের রূপ, সংবিধান, গণতন্ত্র, শ্রমিক-কৃষকের জীবন, সাম্প্রদায়িকতা, লিঙ্গবৈষম্য এবং সামাজিক

ন্যায়বিচারের প্রশ্ন সম্পর্কে গভীর জ্ঞান অর্জন করতে হয়।

একই সঙ্গে সংগঠনের শৃঙ্খলা, মানুষের সঙ্গে নিবিড় সম্পর্ক, জনস্বার্থে কাজ করার মানসিকতা এবং ব্যক্তিগত সততার চর্চাও অপরিহার্য। এই শিক্ষা কেবল বই পড়ে নয়; মানুষের মধ্যে কাজ করা, সংগ্রামে অংশ নেওয়া এবং বাস্তব অভিজ্ঞতার মাধ্যমে আরও সমৃদ্ধ হয়।

তাই কমিউনিজমকে সহজ স্লোগান বা পরিচয়ের মধ্যে সীমাবদ্ধ না রেখে, একে একটি ধারাবাহিক শিক্ষার প্রক্রিয়া হিসেবে দেখা উচিত। কারণ শিক্ষা ছাড়া যেমন দক্ষ চিকিৎসক, প্রকৌশলী বা শিল্পী হওয়া যায় না, তেমনি আদর্শগত শিক্ষা ও রাজনৈতিক চর্চা ছাড়া প্রকৃত অর্থে একজন সচেতন কমিউনিস্ট হওয়াও সম্ভব নয়।

অনেকেই মনে করেন, বামপন্থা মানে শুধু একটি রাজনৈতিক দলের সদস্য হওয়া বা কয়েকটি স্লোগান মুখস্থ করা। বাস্তবে বিষয়টি তার চেয়ে অনেক গভীর। বামপন্থা একটি রাজনৈতিক দর্শন, সমাজ বিশ্লেষণের একটি পদ্ধতি এবং সামাজিক পরিবর্তন নিয়ে চিন্তার একটি ঐতিহ্য। এই ধারণাগুলি বোঝার জন্য অধ্যয়ন, আলোচনা, বাস্তব অভিজ্ঞতা এবং সমালোচনামূলক চিন্তা—সবকিছুরই প্রয়োজন।

যে সমাজে আমরা বাস করি, সেখানে অর্থনীতি, কর্মসংস্থান, শিক্ষা, স্বাস্থ্য, কৃষি, শিল্প, শ্রম, পরিবেশ এবং নাগরিক অধিকার—এসব প্রশ্ন প্রতিদিন আমাদের জীবনে প্রভাব ফেলে। বামপন্থী চিন্তাধারা

এই বিষয়গুলিকে একটি নির্দিষ্ট দৃষ্টিকোণ থেকে বিশ্লেষণ করে এবং সমাজে বৈষম্য, শোষণ ও ক্ষমতার কাঠামো সম্পর্কে প্রশ্ন তোলে। সেই দৃষ্টিভঙ্গি বুঝতে হলে আগে তার মূল ধারণাগুলি শেখা জরুরি।

যেমন একজন চিকিৎসক হতে হলে চিকিৎসাবিজ্ঞান পড়তে হয়, একজন প্রকৌশলী হতে হলে প্রকৌশল শিখতে হয়, তেমনি রাজনৈতিক দর্শন বোঝার ক্ষেত্রেও অধ্যয়নের বিকল্প নেই। কোনো মতাদর্শকে সমর্থন বা সমালোচনা—দুটিই সবচেয়ে অর্থবহ হয় যখন তা জ্ঞান, তথ্য এবং যুক্তির ভিত্তিতে করা হয়।

বামপন্থা শেখার অর্থ অন্ধভাবে কোনো মতবাদ গ্রহণ করা নয়; বরং ইতিহাস, অর্থনীতি, রাষ্ট্র, সমাজ এবং মানুষের অভিজ্ঞতাকে বিভিন্ন দৃষ্টিকোণ থেকে বোঝার চেষ্টা করা। এই বই সেই শিক্ষার একটি প্রাথমিক সহায়ক হিসেবে রচিত।

এই অধ্যায় শেষে পাঠক যা জানতে পারবেন

- বামপন্থা বলতে কী বোঝায়।
- কেন রাজনৈতিক দর্শন অধ্যয়ন করা গুরুত্বপূর্ণ।
- সমাজ বিশ্লেষণে বামপন্থী দৃষ্টিভঙ্গির মৌলিক বৈশিষ্ট্য।
- পরবর্তী অধ্যায়গুলির জন্য প্রয়োজনীয় ভিত্তি।

রাজনীতি কি শুধুই নির্বাচন,

নাকি সমাজকে বোঝারও একটি উপায়?

রাজনীতি বলতে অনেকেই শুধুমাত্র নির্বাচন, ভোট, সরকার গঠন বা রাজনৈতিক দলগুলোর কার্যকলাপকে বোঝেন। কিন্তু বাস্তবে রাজনীতি তার চেয়ে অনেক বিস্তৃত। নির্বাচন রাজনীতির একটি গুরুত্বপূর্ণ অংশ হলেও, রাজনীতি মূলত সমাজকে বোঝার, সমাজকে সংগঠিত করার এবং ক্ষমতা, সম্পদ ও অধিকার কীভাবে বণ্টিত হবে তা নির্ধারণের একটি প্রক্রিয়া।

১. রাজনীতির সংকীর্ণ ধারণা: শুধু নির্বাচন

সাধারণ মানুষের কাছে রাজনীতি মানেই—

- ভোট দেওয়া বা ভোটে দাঁড়ানো।
- সরকার গঠন বা পরিবর্তন।
- রাজনৈতিক দলের প্রচার, সভা ও মিছিল।
- নির্বাচনী প্রতিশ্রুতি ও ক্ষমতার লড়াই।

এগুলো অবশ্যই রাজনীতির অংশ। কারণ গণতান্ত্রিক ব্যবস্থায় নির্বাচন জনগণের মত প্রকাশের অন্যতম প্রধান মাধ্যম। কিন্তু নির্বাচন সাধারণত কয়েক বছর অন্তর হয়, অথচ রাজনীতি প্রতিদিন মানুষের জীবনে কাজ করে।

২. রাজনীতি সমাজকে বোঝার একটি পদ্ধতি

রাজনীতি আমাদের শেখায় সমাজে কার হাতে ক্ষমতা রয়েছে, কেন বৈষম্য তৈরি হয়, কীভাবে আইন তৈরি হয় এবং কেন বিভিন্ন শ্রেণি, জাতি, লিঙ্গ বা সম্প্রদায়ের মানুষের অভিজ্ঞতা ভিন্ন।

উদাহরণস্বরূপ—

- কেন একজন কৃষক ও একজন শিল্পপতির স্বার্থ সবসময় এক নয়?
- কেন একজন শ্রমিক ন্যায্য মজুরি দাবি করেন?
- কেন শিক্ষা ও স্বাস্থ্যকে কেউ মৌলিক অধিকার বলে, আবার কেউ বাজারের পণ্য হিসেবে দেখে?
- কেন কর (Tax) আদায় হয় এবং সেই অর্থ কোথায় ব্যয় হবে?

এসব প্রশ্নের উত্তর রাজনীতির মধ্যেই নিহিত।

৩. রাজনীতি ক্ষমতার সম্পর্ক বোঝায়

রাজনীতি কেবল রাষ্ট্রক্ষমতা দখলের বিষয় নয়; বরং সমাজে ক্ষমতার বণ্টন কীভাবে হয় তা বোঝার বিষয়।

ক্ষমতা দেখা যায়—

- রাষ্ট্রে,
- কর্মক্ষেত্রে,
- পরিবারে,
- বিদ্যালয়ে,
- ধর্মীয় প্রতিষ্ঠানে,
- গণমাধ্যমে,
- এমনকি সামাজিক যোগাযোগমাধ্যমেও।

যেখানে সিদ্ধান্ত নেওয়া হয়, সেখানে কোনো না কোনো ধরনের রাজনীতি কাজ করে।

৪. অর্থনীতি ও রাজনীতি অবিচ্ছেদ্য

একটি দেশের বাজেট, করনীতি, শ্রম আইন, কৃষিনীতি, বেসরকারিকরণ, ভর্তুকি—সবই রাজনৈতিক সিদ্ধান্ত।

উদাহরণ:

- সরকার যদি সরকারি হাসপাতালের জন্য বেশি অর্থ বরাদ্দ করে, তাহলে সাধারণ মানুষ উপকৃত হতে পারে।
- আবার যদি সেই খাতে বরাদ্দ কমিয়ে বেসরকারি স্বাস্থ্যব্যবস্থাকে উৎসাহ দেওয়া হয়, তবে তার প্রভাবও সমাজে পড়ে।

অর্থাৎ অর্থনৈতিক সিদ্ধান্তও রাজনৈতিক।

৫. সংস্কৃতি ও রাজনীতির সম্পর্ক

ভাষা, সাহিত্য, সিনেমা, ইতিহাস, শিক্ষা—এসবও রাজনীতির সঙ্গে যুক্ত।

যেমন—

- কোন ইতিহাস পাঠ্যবইয়ে থাকবে?
- কোন ভাষা সরকারি মর্যাদা পাবে?
- কোন উৎসব রাষ্ট্র পালন করবে?
- কোন মতাদর্শ শিক্ষাব্যবস্থায় গুরুত্ব পাবে?

এসব সিদ্ধান্ত রাজনৈতিক।

৬. রাজনীতি মানে নাগরিক অংশগ্রহণ

রাজনীতি শুধু নেতা বা জনপ্রতিনিধিদের বিষয় নয়।

একজন নাগরিক যখন—

- দুর্নীতির বিরুদ্ধে প্রতিবাদ করেন,

- পরিবেশ রক্ষার আন্দোলনে অংশ নেন,
- নারী-পুরুষ সমতার দাবি তোলেন,
- শ্রমিক অধিকারের পক্ষে কথা বলেন,
- সংবিধানসম্মত অধিকার দাবি করেন,

তখন তিনিও রাজনৈতিক কাজ করছেন।

৭. বিভিন্ন রাজনৈতিক দর্শনের দৃষ্টিভঙ্গি

বিভিন্ন রাজনৈতিক মতাদর্শ সমাজকে ভিন্নভাবে ব্যাখ্যা করে।

- **উদারবাদ** (Liberalism) ব্যক্তিস্বাধীনতা ও আইনের শাসনকে গুরুত্ব দেয়।
- **রক্ষণশীলতা** (Conservatism) ঐতিহ্য ও সামাজিক স্থিতিশীলতার ওপর জোর দেয়।
- **সমাজতন্ত্র** (Socialism) অর্থনৈতিক সমতা ও সামাজিক ন্যায়বিচারকে গুরুত্ব দেয়।
- **মার্কসবাদ** (Marxism) সমাজকে শ্রেণি, উৎপাদন সম্পর্ক ও অর্থনৈতিক কাঠামোর আলোকে বিশ্লেষণ করে।

এই মতাদর্শগুলো শুধু নির্বাচন জেতার কৌশল নয়; বরং সমাজকে বোঝার ভিন্ন ভিন্ন পদ্ধতি।

৮. রাজনৈতিক শিক্ষা কেন জরুরি?

রাজনৈতিক শিক্ষা মানুষকে—

- তথ্য ও প্রচারণার পার্থক্য বুঝতে শেখায়।
- যুক্তিনির্ভর সিদ্ধান্ত নিতে সাহায্য করে।

- নাগরিক অধিকার ও দায়িত্ব সম্পর্কে সচেতন করে।
- গণতন্ত্রকে শক্তিশালী করে।
- ভিন্নমতের প্রতি সহনশীলতা গড়ে তোলে।

রাজনীতি শুধুমাত্র নির্বাচন নয়। নির্বাচন হলো রাজনৈতিক প্রক্রিয়ার একটি গুরুত্বপূর্ণ ধাপ, কিন্তু রাজনীতির পরিসর আরও বিস্তৃত। রাজনীতি সমাজের ক্ষমতার কাঠামো, অর্থনৈতিক সম্পর্ক, সামাজিক বৈষম্য, সাংস্কৃতিক পরিচয়, আইন, ন্যায়বিচার এবং নাগরিক অধিকারের সঙ্গে গভীরভাবে যুক্ত। তাই রাজনীতি শেখা মানে শুধু ভোটের অঙ্ক শেখা নয়; বরং সমাজ কীভাবে পরিচালিত হয়, কারা সিদ্ধান্ত নেয়, কেন বৈষম্য সৃষ্টি হয় এবং কীভাবে একটি আরও ন্যায়ভিত্তিক সমাজ গড়ে তোলা যায়—এসব প্রশ্নের উত্তর অনুসন্ধান করা।

সমাজে বৈষম্যের কারণ

বিভিন্ন রাজনৈতিক দর্শন কীভাবে ভিন্ন দৃষ্টিভঙ্গি গ্রহণ করে?

সমাজে বৈষম্য (Inequality) মানবসভ্যতার একটি প্রাচীন বাস্তবতা। আয়, সম্পদ, শিক্ষা, স্বাস্থ্য, ক্ষমতা, সুযোগ, মর্যাদা কিংবা সামাজিক অবস্থানের ক্ষেত্রে মানুষ সমান নয়। কিন্তু এই বৈষম্য কেন সৃষ্টি

হয় এবং তা কীভাবে কমানো বা দূর করা যায়—এই প্রশ্নের উত্তর বিভিন্ন রাজনৈতিক দর্শন ভিন্নভাবে দেয়। প্রতিটি মতাদর্শ সমাজ, রাষ্ট্র, অর্থনীতি এবং মানুষের ভূমিকা সম্পর্কে নিজস্ব দৃষ্টিভঙ্গি থেকে বৈষম্যের কারণ ব্যাখ্যা করে।

বৈষম্য কী?

বৈষম্য বলতে এমন একটি পরিস্থিতিকে বোঝায় যেখানে ব্যক্তি বা গোষ্ঠীর মধ্যে সুযোগ, সম্পদ, অধিকার বা মর্যাদার অসম বণ্টন বিদ্যমান।

বৈষম্যের প্রধান ধরনগুলো হলো—

- অর্থনৈতিক বৈষম্য
- সামাজিক বৈষম্য
- শিক্ষাগত বৈষম্য
- লিঙ্গভিত্তিক বৈষম্য
- জাতিগত বা বর্ণগত বৈষম্য
- আঞ্চলিক বৈষম্য
- রাজনৈতিক ক্ষমতার বৈষম্য

এখন দেখা যাক, বিভিন্ন রাজনৈতিক দর্শন এগুলোকে কীভাবে ব্যাখ্যা করে।

---

১. উদারবাদ (Liberalism)

উদারবাদ ব্যক্তিস্বাধীনতা, আইনের শাসন এবং সমান আইনি অধিকারের ওপর জোর দেয়।

বৈষম্যের ব্যাখ্যা

উদারবাদের অনেক প্রবাহের মতে, মানুষের দক্ষতা, শিক্ষা, পরিশ্রম, উদ্যোগ এবং পছন্দ ভিন্ন হওয়ায় কিছু অর্থনৈতিক বৈষম্য স্বাভাবিকভাবে সৃষ্টি হতে পারে। তবে আধুনিক উদারবাদীরা যুক্তি দেন যে, যদি মানুষ সমান সুযোগই না পায়, তবে সেই বৈষম্য ন্যায্য নয়।

সমাধান

- সকলের জন্য মানসম্মত শিক্ষা
- আইনের চোখে সমতা
- বৈষম্যবিরোধী আইন
- সামাজিক নিরাপত্তা কর্মসূচি
- সুযোগের সমতা (Equality of Opportunity)

উদারবাদ সাধারণত **ফলাফলের সম্পূর্ণ সমতা (Equality of Outcome)** নয়, বরং **সুযোগের সমতা** নিশ্চিত করার ওপর বেশি গুরুত্ব দেয়।

---

২. রক্ষণশীলতা (Conservatism)

রক্ষণশীল দর্শন সমাজের ধারাবাহিকতা, ঐতিহ্য, পরিবার এবং সামাজিক স্থিতিশীলতাকে গুরুত্ব দেয়।

বৈষম্যের ব্যাখ্যা

রক্ষণশীল চিন্তায় সমাজে কিছু পার্থক্য ও বৈচিত্র্য স্বাভাবিক। মানুষের প্রতিভা, অভিজ্ঞতা, দায়িত্ব

এবং সামাজিক ভূমিকার ভিন্নতার কারণে বৈষম্যের কিছু অংশ অনিবার্য বলে তারা মনে করে।

সমাধান

- ধীরে ধীরে সংস্কার
- পরিবার ও সামাজিক প্রতিষ্ঠানকে শক্তিশালী করা
- নৈতিক শিক্ষা
- সামাজিক দায়িত্ববোধ বৃদ্ধি

রক্ষণশীলরা সাধারণত আকস্মিক ও মৌলিক পরিবর্তনের পরিবর্তে ধীরগতির সংস্কারের পক্ষে।

---

৩. সমাজতন্ত্র (Socialism)

সমাজতন্ত্র অর্থনৈতিক ও সামাজিক ন্যায়বিচারকে গুরুত্ব দেয়।

বৈষম্যের ব্যাখ্যা

সমাজতান্ত্রিক দৃষ্টিতে বৈষম্যের প্রধান কারণ হলো উৎপাদন ও সম্পদের অসম মালিকানা। যখন অল্পসংখ্যক ব্যক্তি বা গোষ্ঠীর হাতে অধিকাংশ সম্পদ কেন্দ্রীভূত হয়, তখন আয় ও সুযোগের বৈষম্য বৃদ্ধি পায়।

সমাধান

- প্রগতিশীল করব্যবস্থা
- সার্বজনীন শিক্ষা ও স্বাস্থ্যসেবা
- শ্রমিক অধিকার

- সামাজিক নিরাপত্তা
- সম্পদের তুলনামূলক ন্যায্য বণ্টন

সমাজতন্ত্র ব্যক্তিগত উদ্যোগ পুরোপুরি অস্বীকার করে না—এমন অনেক আধুনিক সমাজতান্ত্রিক ধারাও রয়েছে—তবে অর্থনৈতিক বৈষম্য কমাতে রাষ্ট্রের সক্রিয় ভূমিকার ওপর জোর দেয়।

---

৪. মার্কসবাদ (Marxism)

মার্কসবাদ সমাজকে প্রধানত উৎপাদন সম্পর্ক ও শ্রেণি সম্পর্কের আলোকে বিশ্লেষণ করে।

বৈষম্যের ব্যাখ্যা

মার্কসবাদ অনুযায়ী, সমাজে বৈষম্যের মূল কারণ হলো শ্রেণিভিত্তিক অর্থনৈতিক কাঠামো।
উৎপাদনের উপায় (কারখানা, জমি, পুঁজি ইত্যাদি) যাদের নিয়ন্ত্রণে থাকে, তারা অর্থনৈতিক ও রাজনৈতিক ক্ষমতার বড় অংশও নিয়ন্ত্রণ করে। এর ফলে শাসক ও শ্রমজীবী শ্রেণির মধ্যে স্বার্থের দ্বন্দ্ব তৈরি হয়।

সমাধান

- উৎপাদন সম্পর্কের পরিবর্তন
- শ্রেণিভিত্তিক শোষণ দূর করা
- উৎপাদনের উপায়ের সামাজিক মালিকানা বা সামাজিক নিয়ন্ত্রণ (মার্কসবাদের বিভিন্ন ধারায় এর ব্যাখ্যা ভিন্ন হতে পারে)
- শ্রেণিবৈষম্য হ্রাসের লক্ষ্যে অর্থনৈতিক পুনর্গঠন

---

৫. নারীবাদ (Feminism)

নারীবাদ সমাজে লিঙ্গভিত্তিক ক্ষমতার সম্পর্ক বিশ্লেষণ করে।

বৈষম্যের ব্যাখ্যা

নারীবাদীদের মতে, বৈষম্য শুধু অর্থনৈতিক নয়; নারী, পুরুষ এবং অন্যান্য লিঙ্গপরিচয়ের মানুষের মধ্যে ক্ষমতা, সুযোগ, নিরাপত্তা ও প্রতিনিধিত্বের অসমতাও একটি গুরুত্বপূর্ণ বৈষম্য।

সমাধান

- সমান মজুরি
- শিক্ষা ও কর্মসংস্থানে সমান সুযোগ
- বৈষম্যবিরোধী আইন
- রাজনৈতিক প্রতিনিধিত্ব বৃদ্ধি
- লিঙ্গভিত্তিক সহিংসতা প্রতিরোধ

---

৬. পরিবেশবাদ (Green Political Thought)

পরিবেশবাদ মনে করে বৈষম্য শুধু মানুষের মধ্যেই নয়; পরিবেশগত ক্ষতির বোঝাও অসমভাবে বণ্টিত হয়।

বৈষম্যের ব্যাখ্যা

দূষণ, জলবায়ু পরিবর্তন ও প্রাকৃতিক সম্পদের সংকটের প্রভাব দরিদ্র ও প্রান্তিক জনগোষ্ঠীর ওপর তুলনামূলক বেশি পড়ে।

সমাধান

- টেকসই উন্নয়ন
- পরিবেশগত ন্যায়বিচার
- প্রাকৃতিক সম্পদের দায়িত্বশীল ব্যবহার

তুলনামূলক চিত্র

রাজনৈতিক দর্শন	বৈষম্যের প্রধান কারণ	প্রস্তাবিত সমাধান
উদারবাদ	অসম সুযোগ, দক্ষতার পার্থক্য	সমান সুযোগ, শিক্ষা, আইনের শাসন
রক্ষণশীলতা	মানুষের স্বাভাবিক বৈচিত্র্য, সামাজিক পরিবর্তন	ধীর সংস্কার, পরিবার ও সামাজিক প্রতিষ্ঠান শক্তিশালী করা
সমাজতন্ত্র	সম্পদ ও আয়ের অসম বণ্টন	সামাজিক কল্যাণ, পুনর্বণ্টন, রাষ্ট্রের সক্রিয় ভূমিকা
মার্কসবাদ	শ্রেণিভিত্তিক উৎপাদন সম্পর্ক	অর্থনৈতিক কাঠামোর পরিবর্তন, শ্রেণিবৈষম্য হ্রাস

রাজনৈতিক দর্শন	বৈষম্যের প্রধান কারণ	প্রস্তাবিত সমাধান
নারীবাদ	লিঙ্গভিত্তিক ক্ষমতার অসমতা	সমঅধিকার, প্রতিনিধিত্ব, বৈষম্যবিরোধী ব্যবস্থা
পরিবেশবাদ	পরিবেশগত সম্পদের অসম ব্যবহার	টেকসই উন্নয়ন ও পরিবেশগত ন্যায়বিচার

সমাজে বৈষম্যের একটিমাত্র কারণ নেই। অর্থনৈতিক, সামাজিক, সাংস্কৃতিক, ঐতিহাসিক, রাজনৈতিক এবং পরিবেশগত নানা উপাদান একে প্রভাবিত করে। তাই বিভিন্ন রাজনৈতিক দর্শন বৈষম্যকে ভিন্ন ভিন্ন দৃষ্টিকোণ থেকে বিশ্লেষণ করে। কেউ ব্যক্তির স্বাধীনতা ও সমান সুযোগকে গুরুত্ব দেয়, কেউ সম্পদের বণ্টনকে, কেউ শ্রেণি সম্পর্ককে, কেউ লিঙ্গসমতাকে, আবার কেউ পরিবেশগত ন্যায়বিচারকে।

একজন সচেতন পাঠকের জন্য গুরুত্বপূর্ণ হলো কোনো একটি মতাদর্শকে অন্ধভাবে গ্রহণ বা প্রত্যাখ্যান না করে, প্রতিটি দৃষ্টিভঙ্গির যুক্তি, প্রমাণ, সীমাবদ্ধতা এবং বাস্তব প্রয়োগকে সমালোচনামূলকভাবে অধ্যয়ন করা। এতে

সমাজের বৈষম্য সম্পর্কে আরও গভীর,
ভারসাম্যপূর্ণ এবং তথ্যভিত্তিক উপলব্ধি গড়ে ওঠে।

অধ্যায়–১

কেন বামপন্থা শিখব?

"জ্ঞান ছাড়া রাজনীতি অন্ধ, আর বাস্তবতা ছাড়া মতাদর্শ নিষ্প্রাণ।"

মানুষ জন্মগতভাবে কোনো রাজনৈতিক মতাদর্শ নিয়ে জন্মায় না। পরিবার, সমাজ, শিক্ষা, কর্মক্ষেত্র, ইতিহাস, অর্থনীতি এবং জীবনের অভিজ্ঞতার মধ্য দিয়ে মানুষের রাজনৈতিক চেতনা গড়ে ওঠে। তাই বামপন্থাও জন্মগত কোনো পরিচয় নয়; এটি শিক্ষা, চিন্তা, পর্যবেক্ষণ এবং সামাজিক বাস্তবতাকে বোঝার একটি ধারাবাহিক প্রক্রিয়া।

অনেকেই মনে করেন, বামপন্থা মানেই একটি রাজনৈতিক দলের সদস্য হওয়া, কয়েকটি স্লোগান জানা বা কয়েকজন নেতার নাম মুখস্থ করা। কিন্তু বাস্তবে বামপন্থা তার চেয়ে অনেক বিস্তৃত। এটি সমাজকে বোঝার একটি পদ্ধতি, যেখানে প্রশ্ন করা হয়—সমাজে বৈষম্য কেন সৃষ্টি হয়? সম্পদ কারা উৎপাদন করে? সেই সম্পদের বণ্টন কীভাবে হয়? কেন একদিকে বিপুল সম্পদ জমা হয়, অন্যদিকে বহু মানুষ মৌলিক চাহিদা পূরণে সংগ্রাম করে?

এই প্রশ্নগুলোর উত্তর খুঁজতে হলে ইতিহাস, অর্থনীতি, সমাজবিজ্ঞান, রাষ্ট্রবিজ্ঞান এবং রাজনৈতিক দর্শনের সঙ্গে পরিচিত হতে হয়। তাই বামপন্থা শেখা মানে শুধু একটি মতবাদ শেখা নয়; বরং সমাজকে বিশ্লেষণ করার একটি পদ্ধতি শেখা।

যেমন একজন চিকিৎসক হতে হলে চিকিৎসাবিজ্ঞান শিখতে হয়, একজন প্রকৌশলী হতে হলে প্রকৌশলবিদ্যা শিখতে হয়, একজন আইনজীবী হতে হলে আইন জানতে হয়, তেমনি রাজনৈতিকভাবে সচেতন হতে হলে রাজনৈতিক দর্শনও অধ্যয়ন করতে হয়। কোনো মতাদর্শকে সমর্থন বা সমালোচনা—দুটিই সবচেয়ে অর্থবহ হয় যখন তা জ্ঞান, তথ্য এবং যুক্তির ভিত্তিতে করা হয়।

বামপন্থা: একটি প্রয়োজনীয় পাঠ

১. সমাজকে গভীরভাবে বোঝার জন্য

আমরা প্রতিদিন মূল্যবৃদ্ধি, বেকারত্ব, কৃষকের সমস্যা, শ্রমিকের মজুরি, শিক্ষা, স্বাস্থ্য, পরিবেশ, দুর্নীতি এবং বৈষম্যের মতো বিষয় দেখি। কিন্তু এসব সমস্যার কারণ কী? বামপন্থা এসব প্রশ্নের কাঠামোগত ব্যাখ্যা দেওয়ার চেষ্টা করে। এর সঙ্গে একমত হওয়া বা না হওয়া ভিন্ন বিষয়; তবে এই দৃষ্টিভঙ্গি জানা সমাজকে বুঝতে সাহায্য করে।

২. তথ্য ও যুক্তির ভিত্তিতে মত গঠনের জন্য

গুজব, আবেগ বা সামাজিক মাধ্যমে ছড়ানো বক্তব্যের ওপর নির্ভর না করে ইতিহাস, গবেষণা এবং তথ্যের ভিত্তিতে রাজনৈতিক মত গঠন করা গণতান্ত্রিক সংস্কৃতির অংশ। বামপন্থা অধ্যয়ন সেই বিশ্লেষণী ক্ষমতা গড়ে তুলতে সহায়ক হতে পারে।

৩. শ্রম ও উৎপাদনের গুরুত্ব বোঝার জন্য

সমাজের প্রতিটি জিনিস—খাদ্য, পোশাক, বাসস্থান, রাস্তা, সেতু, বিদ্যুৎ, শিল্প—মানুষের শ্রমের মাধ্যমে তৈরি হয়। উৎপাদন, শ্রম এবং সম্পদের বণ্টন সম্পর্কে চিন্তা করা বামপন্থী বিশ্লেষণের একটি গুরুত্বপূর্ণ দিক।

৪. ইতিহাস থেকে শিক্ষা নেওয়ার জন্য

বিশ্বের বিভিন্ন দেশে শ্রমিক আন্দোলন, কৃষক আন্দোলন, গণতান্ত্রিক অধিকার, আট ঘণ্টা কর্মদিবস, সামাজিক নিরাপত্তা এবং শ্রম আইন—এসবের ইতিহাস বুঝতে বামপন্থী আন্দোলনের ভূমিকা জানা উপকারী। একই সঙ্গে বিভিন্ন সমাজতান্ত্রিক রাষ্ট্রের সাফল্য, সীমাবদ্ধতা ও ব্যর্থতাও সমান গুরুত্ব দিয়ে অধ্যয়ন করা প্রয়োজন।

৫. সমালোচনামূলক চিন্তা গড়ে তোলার জন্য

বামপন্থা শেখার অর্থ কোনো মতবাদকে প্রশ্নহীনভাবে গ্রহণ করা নয়। বরং নিজের মতাদর্শকেও তথ্য, অভিজ্ঞতা এবং যুক্তির আলোকে পরীক্ষা করা। সমালোচনা ও আত্মসমালোচনার সংস্কৃতি রাজনৈতিক শিক্ষার একটি গুরুত্বপূর্ণ অংশ।

একজন কমিউনিস্ট কি জন্মগতভাবে তৈরি হন?

না। একজন মানুষ পড়াশোনা, সংগ্রাম, সংগঠনের কাজ, মানুষের সঙ্গে সম্পর্ক এবং বাস্তব অভিজ্ঞতার মাধ্যমে রাজনৈতিকভাবে পরিণত হন। এই কারণেই বহু বামপন্থী সংগঠন নতুন সদস্যদের জন্য নিয়মিত রাজনৈতিক শিক্ষা, পাঠচক্র এবং আলোচনা সভার আয়োজন করে।

এই বই কোনো ব্যক্তি বা রাজনৈতিক দলকে অন্ধভাবে সমর্থন বা বিরোধিতা শেখানোর জন্য নয়। এর উদ্দেশ্য হলো পাঠককে বামপন্থী রাজনৈতিক দর্শনের মৌলিক ধারণা, তার ইতিহাস, যুক্তি, সমালোচনা এবং বাস্তব প্রয়োগ সম্পর্কে পরিচিত করা, যাতে তিনি নিজেই তথ্যভিত্তিক ও স্বাধীন মত গঠন করতে পারেন।

- বামপন্থা একটি রাজনৈতিক দর্শন এবং সমাজ বিশ্লেষণের পদ্ধতি।
- এটি অধ্যয়ন, আলোচনা ও বাস্তব অভিজ্ঞতার মাধ্যমে শেখা যায়।
- জ্ঞান, তথ্য ও যুক্তির ভিত্তিতে মত গঠন গণতান্ত্রিক চর্চার অংশ।
- কোনো মতাদর্শকে বুঝতে হলে তার শক্তি, সীমাবদ্ধতা এবং সমালোচনা—সব দিকই জানা প্রয়োজন।

- রাজনৈতিক শিক্ষা মানুষের সচেতন নাগরিক হয়ে ওঠার একটি গুরুত্বপূর্ণ উপাদান।

বামপন্থা বলতে কী বোঝায়?

ভূমিকা

"বামপন্থা" (Left-wing Politics) বলতে এমন একগুচ্ছ রাজনৈতিক, সামাজিক ও অর্থনৈতিক ধারণাকে বোঝায়, যা সমাজে বৈষম্য কমানো, সামাজিক ন্যায়, সমান সুযোগ, শ্রমের মর্যাদা এবং মানুষের মৌলিক অধিকারকে গুরুত্ব দেয়। এটি কোনো একক মতবাদ নয়; বরং বিভিন্ন ধারার একটি বিস্তৃত রাজনৈতিক ঐতিহ্য। সমাজতন্ত্র, কমিউনিজম, গণতান্ত্রিক সমাজতন্ত্র, সামাজিক গণতন্ত্র এবং আরও কিছু ধারা এই বৃহত্তর পরিসরের অন্তর্ভুক্ত।

'বাম' শব্দের উৎপত্তি

"বামপন্থা" শব্দটির উৎপত্তি French Revolution-এর সময়। সে সময় ফ্রান্সের জাতীয় পরিষদে যারা রাজতন্ত্র ও সামন্ততন্ত্রের পরিবর্তে জনগণের অধিকার, সমতা এবং সংস্কারের পক্ষে ছিলেন, তারা সভাপতির বাম দিকে বসতেন। অন্যদিকে রাজতন্ত্র ও প্রচলিত ব্যবস্থার সমর্থকেরা ডান দিকে বসতেন। সেখান থেকেই "বাম" (Left) এবং "ডান" (Right) রাজনীতির পরিভাষা হিসেবে প্রচলিত হয়।

বামপন্থার মূল দর্শন

বামপন্থার কেন্দ্রবিন্দুতে রয়েছে এই ধারণা যে, সমাজে প্রত্যেক মানুষের মর্যাদা সমান এবং প্রত্যেকের উন্নয়নের সুযোগ থাকা উচিত। এই দৃষ্টিভঙ্গিতে সাধারণত নিম্নলিখিত বিষয়গুলিকে গুরুত্ব দেওয়া হয়—

- সামাজিক ও অর্থনৈতিক বৈষম্য কমানো।
- শ্রমের মর্যাদা ও শ্রমজীবী মানুষের অধিকার রক্ষা।
- শিক্ষা, স্বাস্থ্য ও মৌলিক পরিষেবায় সবার প্রবেশাধিকার।
- আইন ও নীতির ক্ষেত্রে সমতা এবং সামাজিক ন্যায়।
- গণতান্ত্রিক অংশগ্রহণ এবং জনস্বার্থকে গুরুত্ব দেওয়া।

বিভিন্ন বামপন্থী ধারা এসব লক্ষ্য অর্জনের পদ্ধতি নিয়ে ভিন্ন মত পোষণ করতে পারে।

বামপন্থা কি শুধুই কমিউনিজম?

না। এটি একটি সাধারণ ভুল ধারণা।

কমিউনিজম বামপন্থার একটি গুরুত্বপূর্ণ ধারা হলেও বামপন্থা শুধু কমিউনিজমের মধ্যেই সীমাবদ্ধ নয়। একইভাবে সব বামপন্থী দল বা চিন্তাবিদ একই অর্থনৈতিক

বা রাজনৈতিক কর্মসূচি সমর্থন করেন না। তাই বামপন্থাকে একটি বিস্তৃত রাজনৈতিক পরিসর হিসেবে বোঝা বেশি সঠিক।

বামপন্থার প্রধান বৈশিষ্ট্য

একজন বামপন্থী ব্যক্তি বা সংগঠন সাধারণত—

- সামাজিক বৈষম্য কমানোর প্রয়োজনীয়তার ওপর জোর দেয়।
- শ্রম, উৎপাদন ও কর্মসংস্থানের প্রশ্নকে গুরুত্ব দেয়।
- গণতান্ত্রিক অধিকার ও নাগরিক স্বাধীনতার গুরুত্ব স্বীকার করে।
- বৈষম্য, বৈষম্যমূলক আচরণ এবং অন্যায়ের সমালোচনা করে।
- তথ্য, ইতিহাস ও সামাজিক বাস্তবতার আলোকে নীতি বিশ্লেষণের চেষ্টা করে।

বামপন্থা শেখার অর্থ কী?

বামপন্থা শেখার অর্থ কোনো স্লোগান মুখস্থ করা নয়। এর অর্থ হলো—

- ইতিহাস জানা।
- অর্থনীতি বোঝা।
- সমাজ কীভাবে পরিবর্তিত হয় তা অধ্যয়ন করা।

- বিভিন্ন রাজনৈতিক মতবাদ তুলনা করে দেখা।
- নিজের মত গঠনের আগে তথ্য ও যুক্তি বিচার করা।

বামপন্থা একটি বিস্তৃত রাজনৈতিক ও সামাজিক চিন্তাধারা, যার কেন্দ্রে রয়েছে সামাজিক ন্যায়, সমতা এবং মানুষের মর্যাদার প্রশ্ন। তবে এর ভেতরে বিভিন্ন মত, পদ্ধতি এবং রাজনৈতিক ধারা রয়েছে। তাই বামপন্থাকে বুঝতে হলে ইতিহাস, অর্থনীতি, সমাজ এবং বিভিন্ন বামপন্থী ধারার যুক্তি ও সমালোচনা—সবই অধ্যয়ন করা প্রয়োজন।

কমিউনিজম কী? মার্কসবাদ কী?

—দুইয়ের সম্পর্ক ও পার্থক্য

ভূমিকা

রাজনীতি নিয়ে আলোচনা করতে গিয়ে আমরা প্রায়ই "মার্কসবাদ" এবং "কমিউনিজম" শব্দ দুটি শুনি। অনেকেই এই দুটি শব্দকে একই অর্থে ব্যবহার করেন। কিন্তু বাস্তবে এদের অর্থ এক নয়। মার্কসবাদ হলো সমাজ, অর্থনীতি ও ইতিহাস বিশ্লেষণের একটি তাত্ত্বিক কাঠামো, আর কমিউনিজম হলো একটি সামাজিক ও

অর্থনৈতিক আদর্শ, যেখানে শ্রেণিবৈষম্য ও শোষণহীন সমাজের ধারণা তুলে ধরা হয়।

সহজভাবে বলা যায়—

মার্কসবাদ হলো পথনির্দেশক তত্ত্ব, আর কমিউনিজম হলো সেই তত্ত্ব দ্বারা কল্পিত সমাজব্যবস্থার একটি লক্ষ্য।

মার্কসবাদ কী?

মার্কসবাদ হলো উনিশ শতকে Karl Marx এবং Friedrich Engels-এর চিন্তার ভিত্তিতে গড়ে ওঠা একটি সামাজিক, অর্থনৈতিক ও রাজনৈতিক বিশ্লেষণের পদ্ধতি।

মার্কসবাদ সমাজকে বোঝার জন্য কয়েকটি মৌলিক প্রশ্ন করে—

- সমাজে সম্পদ কীভাবে উৎপাদিত হয়?
- উৎপাদনের উপায় কার নিয়ন্ত্রণে থাকে?
- সমাজে বৈষম্যের উৎস কী?
- ইতিহাসে সামাজিক পরিবর্তন কেন ঘটে?
- রাষ্ট্র ও অর্থনীতির মধ্যে সম্পর্ক কী?

মার্কসবাদের লক্ষ্য শুধু সমাজকে ব্যাখ্যা করা নয়; সমাজ পরিবর্তনের প্রশ্নও উত্থাপন করা।

কমিউনিজম কী?

কমিউনিজম হলো এমন একটি সমাজব্যবস্থার ধারণা, যেখানে উৎপাদনের প্রধান উপায় ব্যক্তিগত মুনাফার পরিবর্তে সামাজিক মালিকানা বা সামষ্টিক নিয়ন্ত্রণের অধীনে থাকবে এবং শ্রেণিভেদ বিলুপ্ত হবে—এমন আদর্শের কথা বলা হয়।

এই ধারণায় সাধারণভাবে কল্পনা করা হয়—

- শোষণমুক্ত সমাজ।
- শ্রেণিবৈষম্যহীন সামাজিক কাঠামো।
- শ্রমের মর্যাদা।
- মানুষের মৌলিক প্রয়োজন পূরণের ব্যবস্থা।
- উৎপাদনের ফলের ন্যায্য বণ্টন।

বাস্তবে বিভিন্ন দেশ ও রাজনৈতিক আন্দোলন এই ধারণাকে ভিন্ন ভিন্নভাবে ব্যাখ্যা ও বাস্তবায়নের চেষ্টা করেছে।

মার্কসবাদ ও কমিউনিজমের সম্পর্ক

মার্কসবাদ এবং কমিউনিজমের সম্পর্ককে একটি সহজ উদাহরণ দিয়ে বোঝা যায়।

ধরুন একজন স্থপতি একটি বাড়ির নকশা তৈরি করলেন।

- **নকশা** হলো তত্ত্ব।
- **বাড়ি** হলো সেই নকশার ভিত্তিতে নির্মিত বাস্তব কাঠামো।

একইভাবে—

- মার্কসবাদ হলো বিশ্লেষণ, তত্ত্ব ও পদ্ধতি।
- কমিউনিজম হলো সেই তত্ত্বের ভিত্তিতে কল্পিত বা লক্ষ্য হিসেবে বিবেচিত একটি সমাজব্যবস্থা।

মার্কসবাদের প্রধান বিষয়

মার্কসবাদ কয়েকটি গুরুত্বপূর্ণ ধারণার ওপর গুরুত্ব দেয়—

১. ঐতিহাসিক বস্তুবাদ (Historical Materialism)

মার্কসবাদ অনুযায়ী, ইতিহাসের পরিবর্তন বোঝার ক্ষেত্রে অর্থনৈতিক ও সামাজিক কাঠামো গুরুত্বপূর্ণ ভূমিকা পালন করে। উৎপাদনব্যবস্থা, প্রযুক্তি এবং সামাজিক সম্পর্কের পরিবর্তনের সঙ্গে সমাজও পরিবর্তিত হয়।

২. শ্রেণি বিশ্লেষণ

মার্কসবাদ সমাজের বিভিন্ন শ্রেণির স্বার্থ ও সম্পর্ক বিশ্লেষণ করে এবং অর্থনৈতিক অবস্থান কীভাবে সামাজিক ও রাজনৈতিক সম্পর্ককে প্রভাবিত করতে পারে, তা ব্যাখ্যা করার চেষ্টা করে।

৩. উদ্‌বৃত্ত মূল্য (Surplus Value)

মার্কসের অর্থনৈতিক বিশ্লেষণে "উদ্‌বৃত্ত মূল্য" একটি গুরুত্বপূর্ণ ধারণা। এটি পুঁজিবাদী উৎপাদনব্যবস্থায় শ্রম, উৎপাদন

ও মুনাফার সম্পর্ক ব্যাখ্যা করার একটি তাত্ত্বিক ধারণা।

৪. সামাজিক পরিবর্তন

মার্কসবাদ মনে করে, অর্থনৈতিক ও সামাজিক কাঠামোর পরিবর্তনের সঙ্গে সঙ্গে রাজনৈতিক ও সামাজিক প্রতিষ্ঠানগুলিও পরিবর্তিত হয়।

মার্কসবাদ কি ধর্ম?

না।

মার্কসবাদ কোনো ধর্ম নয় এবং এটি অন্ধ বিশ্বাসের ওপর প্রতিষ্ঠিত নয়। এটি একটি রাজনৈতিক-অর্থনৈতিক তত্ত্ব ও বিশ্লেষণের পদ্ধতি, যা নিয়ে দীর্ঘদিন ধরে সমর্থন, সমালোচনা, সংশোধন এবং বিতর্ক চলেছে। বিভিন্ন চিন্তাবিদ ও রাজনৈতিক আন্দোলন মার্কসবাদকে ভিন্নভাবে ব্যাখ্যা করেছেন।

সব কমিউনিস্ট কি একই রকম?

না।

বিশ্বের বিভিন্ন দেশে কমিউনিস্ট দলগুলির নীতি, কর্মপদ্ধতি এবং রাজনৈতিক কৌশলে পার্থক্য রয়েছে। ইতিহাস, সংস্কৃতি, সংবিধান,

গণতান্ত্রিক কাঠামো এবং সামাজিক বাস্তবতার ভিত্তিতে তারা ভিন্ন ভিন্ন পথ অনুসরণ করতে পারে।

মার্কসবাদ ও কমিউনিজমের পার্থক্য

মার্কসবাদ	কমিউনিজম
সমাজ বিশ্লেষণের একটি তাত্ত্বিক কাঠামো	একটি আদর্শ সমাজব্যবস্থার ধারণা
সমাজ, অর্থনীতি ও ইতিহাস ব্যাখ্যা করে	একটি নির্দিষ্ট সামাজিক-অর্থনৈতিক লক্ষ্য তুলে ধরে
গবেষণা ও বিশ্লেষণের পদ্ধতি	সেই বিশ্লেষণের ভিত্তিতে কল্পিত সমাজের রূপ

মার্কসবাদ এবং কমিউনিজম একে অপরের সঙ্গে গভীরভাবে সম্পর্কিত হলেও তারা অভিন্ন নয়। মার্কসবাদ সমাজ ও ইতিহাস

বিশ্লেষণের একটি পদ্ধতি, আর কমিউনিজম সেই বিশ্লেষণ থেকে উদ্‌ভূত একটি সামাজিক আদর্শ। এই দুটি ধারণা বোঝার জন্য ইতিহাস, অর্থনীতি, রাষ্ট্রবিজ্ঞান এবং বিভিন্ন মতামত ও সমালোচনাও সমান গুরুত্ব দিয়ে অধ্যয়ন করা প্রয়োজন। রাজনৈতিক শিক্ষা তখনই সমৃদ্ধ হয়, যখন পাঠক বিভিন্ন দৃষ্টিভঙ্গি সম্পর্কে জেনে নিজস্ব, তথ্যভিত্তিক মত গঠন করতে পারেন।

"দ্বান্দ্বিক বস্তুবাদ কী?—

মার্কসবাদ বুঝতে গেলে যে ধারণাটি সবচেয়ে বেশি আলোচিত হয়, সেটি হলো **দ্বান্দ্বিক বস্তুবাদ** (Dialectical Materialism)। নামটি প্রথমে কঠিন মনে হলেও এর মূল ধারণা তুলনামূলকভাবে সহজ। এটি প্রকৃতি, সমাজ এবং চিন্তার পরিবর্তনকে বোঝার একটি দার্শনিক পদ্ধতি।

এখানে দুটি শব্দ রয়েছে—

- **দ্বান্দ্বিক (Dialectical)** অর্থ—বাস্তবতার ভেতরে থাকা পারস্পরিক সম্পর্ক, পরিবর্তন এবং বিরোধ বা টানাপোড়েনের মাধ্যমে জিনিসের বিকাশকে বোঝার পদ্ধতি।
- **বস্তুবাদ (Materialism)** অর্থ—বাস্তব জগৎ, প্রকৃতি এবং মানুষের বস্তুগত জীবনকে মৌলিক বলে বিবেচনা করা। এই দৃষ্টিভঙ্গিতে মানুষের ধারণা, চিন্তা ও

প্রতিষ্ঠানও বাস্তব জীবনের অবস্থার সঙ্গে সম্পর্কিত।

অর্থাৎ, দ্বান্দ্বিক বস্তুবাদ হলো এমন একটি দার্শনিক পদ্ধতি যা বলে—প্রকৃতি ও সমাজ স্থির নয়; তারা পরিবর্তিত হয় এবং সেই পরিবর্তন বোঝার জন্য বাস্তব অবস্থা ও তার অভ্যন্তরীণ সম্পর্ক বিশ্লেষণ করা দরকার।

দ্বান্দ্বিক বলতে কী বোঝায়?

দ্বান্দ্বিক চিন্তার মূল কথা হলো—

কোনো কিছুই চিরস্থায়ী নয়। সবকিছু পরিবর্তনশীল।

প্রকৃতি, সমাজ, অর্থনীতি, প্রযুক্তি, মানুষের চিন্তা—সবই সময়ের সঙ্গে পরিবর্তিত হয়।

এই পরিবর্তনকে বোঝার জন্য কোনো বিষয়কে একা নয়, বরং তার পরিবেশ, সম্পর্ক এবং পরিবর্তনের ধারার সঙ্গে মিলিয়ে দেখা হয়।

বস্তুবাদ বলতে কী বোঝায়?

বস্তুবাদ বলতে বোঝায়—

মানুষের বাস্তব জীবন, উৎপাদন, খাদ্য, বাসস্থান, প্রযুক্তি, শ্রম এবং অর্থনৈতিক অবস্থা সমাজ গঠনে গুরুত্বপূর্ণ ভূমিকা পালন করে।

অর্থাৎ মানুষ আগে বাঁচে, কাজ করে, উৎপাদন করে; তারপর তার শিক্ষা, সংস্কৃতি,

রাজনীতি ও নানা চিন্তার বিকাশ ঘটে। এই ধারণা একটি দার্শনিক অবস্থান, যা ইতিহাসে অন্যান্য দার্শনিক মতের সঙ্গে বিতর্কের বিষয়ও হয়েছে।

উদাহরণ-১: একটি বীজ

একটি আমের বীজ মাটিতে পড়ল।

প্রথমে কিছুই দেখা যায় না।

পরে অঙ্কুর বের হলো।

অঙ্কুর থেকে চারা।

চারা থেকে গাছ।

গাছ থেকে ফল।

আবার সেই ফলে নতুন বীজ।

অর্থাৎ প্রকৃতিতে পরিবর্তন একটি ধারাবাহিক প্রক্রিয়া। একই অবস্থায় কিছুই চিরকাল থাকে না।

উদাহরণ-২: নদী

আপনি আজ যে নদী দেখছেন, এক বছর পরে সেই নদীর জল, পলি, তীর এবং প্রবাহ বদলে যেতে পারে।

নদীর পরিচয় থাকে, কিন্তু নদী নিজে প্রতিনিয়ত পরিবর্তিত হয়।

উদাহরণ-৩: একটি পরিবার

একটি পরিবারের আয় কমে গেলে তাদের জীবনযাত্রা, সন্তানের শিক্ষা, খাদ্যাভ্যাস, চিকিৎসা ও ভবিষ্যৎ পরিকল্পনায় পরিবর্তন আসতে পারে।

আবার আয় বাড়লে সেই অবস্থাও বদলাতে পারে।

অর্থাৎ বাস্তব অর্থনৈতিক অবস্থার পরিবর্তনের সঙ্গে সামাজিক জীবনেও পরিবর্তন ঘটতে পারে।

উদাহরণ–৪: প্রযুক্তি

একসময় মানুষ চিঠি লিখে যোগাযোগ করত।

পরে টেলিফোন এলো।

তারপর মোবাইল ফোন।

আজ স্মার্টফোন ও ইন্টারনেট।

প্রযুক্তির পরিবর্তনের সঙ্গে মানুষের কাজ, শিক্ষা, ব্যবসা ও সামাজিক সম্পর্কও বদলেছে।

দ্বান্দ্বিক চিন্তার কয়েকটি বৈশিষ্ট্য

১. সবকিছু পরিবর্তনশীল

কোনো সমাজ, রাষ্ট্র বা অর্থনীতি অপরিবর্তনীয় নয়।

২. সবকিছু পরস্পরের সঙ্গে সম্পর্কযুক্ত

অর্থনীতি, শিক্ষা, প্রযুক্তি, পরিবেশ, রাজনীতি—এসব একে অপরকে প্রভাবিত করতে পারে।

৩. ধীরে ধীরে পরিবর্তন, কখনও বড় রূপান্তর

অনেক ছোট পরিবর্তন জমতে জমতে একসময় বড় পরিবর্তনের কারণ হতে পারে।

উদাহরণ:

পানি ধীরে ধীরে গরম হতে থাকে। একটি নির্দিষ্ট তাপমাত্রায় পৌঁছালে তা বাষ্পে রূপান্তরিত হয়।

সমাজে এই ধারণার প্রয়োগ

মার্কসবাদী বিশ্লেষণে বলা হয়, সমাজও সময়ের সঙ্গে পরিবর্তিত হয়েছে।

- শিকারনির্ভর সমাজ
- কৃষিনির্ভর সমাজ
- সামন্ততন্ত্র
- শিল্পবিপ্লবের পর আধুনিক পুঁজিবাদ

এই ধারাবাহিক পরিবর্তন ব্যাখ্যা করতে দ্বান্দ্বিক পদ্ধতি ব্যবহার করা হয়। তবে ইতিহাসবিদ ও সমাজবিজ্ঞানীদের মধ্যে সমাজ পরিবর্তনের কারণ নিয়ে একাধিক তাত্ত্বিক ব্যাখ্যাও রয়েছে।

কেন এই ধারণা গুরুত্বপূর্ণ?

দ্বান্দ্বিক বস্তুবাদ আমাদের শেখায়—

- কোনো ঘটনাকে বিচ্ছিন্নভাবে না দেখে তার প্রেক্ষাপট বিবেচনা করতে।
- পরিবর্তনকে স্বাভাবিক প্রক্রিয়া হিসেবে বুঝতে।
- সমাজ, অর্থনীতি ও ইতিহাসকে বিশ্লেষণ করতে।
- নতুন তথ্য এলে নিজের ধারণা পুনর্বিবেচনা করতে।

- দ্বান্দ্বিক বস্তুবাদ হলো পরিবর্তন ও বাস্তবতার সম্পর্ক বিশ্লেষণের একটি দার্শনিক পদ্ধতি।
- এটি প্রকৃতি, সমাজ ও মানুষের জীবনকে পরিবর্তনশীল হিসেবে দেখে।
- বাস্তব বস্তুগত অবস্থা এবং সামাজিক সম্পর্ককে বিশ্লেষণে গুরুত্ব দেয়।
- এটি মার্কসবাদী দর্শনের একটি মৌলিক ভিত্তি, যদিও দর্শন ও সমাজবিজ্ঞানে এ নিয়ে বিভিন্ন মত ও সমালোচনাও রয়েছে।

অধ্যায়– ২

ঐতিহাসিক বস্তুবাদ (Historical Materialism)

মানবসমাজ কীভাবে আদিম সাম্যবাদ থেকে আধুনিক যুগে পৌঁছাল

"মানুষ তার ইতিহাস নিজেই সৃষ্টি করে, কিন্তু নিজের ইচ্ছামতো পরিস্থিতিতে নয়; বরং যে পরিস্থিতি অতীত থেকে উত্তরাধিকারসূত্রে পায়, তার মধ্যেই।" — Karl Marx

---

মানবসভ্যতা কি একদিনে সৃষ্টি হয়েছে?

না।

আজকের সমাজ, রাষ্ট্র, আইন, অর্থনীতি, শিক্ষা, ধর্ম, শিল্প কিংবা রাজনীতি—এসব কিছুই হাজার হাজার বছরের বিবর্তনের ফল।

ঐতিহাসিক বস্তুবাদ হলো মার্কসবাদী ইতিহাস বিশ্লেষণের একটি পদ্ধতি। এই দৃষ্টিভঙ্গি অনুযায়ী, মানুষের ইতিহাস বোঝার জন্য কেবল রাজা-বাদশাহ, যুদ্ধ বা মহান ব্যক্তিদের জীবন জানলেই যথেষ্ট নয়; বরং জানতে হবে মানুষ কীভাবে জীবনধারণ

করত, কীভাবে উৎপাদন করত, কারা উৎপাদনের উপায় নিয়ন্ত্রণ করত এবং সমাজে সম্পদ কীভাবে বণ্টিত হতো।

অর্থাৎ, ইতিহাসের কেন্দ্রবিন্দুতে রাখা হয় মানুষের **জীবনযাপন, শ্রম, উৎপাদন ও সামাজিক সম্পর্ককে।**

ইতিহাসকে বোঝার নতুন দৃষ্টিভঙ্গি

ধরুন, একজন ইতিহাসবিদ একটি গ্রামের ইতিহাস লিখছেন।

তিনি যদি শুধু গ্রামের প্রধানদের নাম লেখেন, তাহলে কি গ্রামের প্রকৃত ইতিহাস জানা যাবে?

না।

প্রকৃত ইতিহাস জানতে হলে জানতে হবে—

- মানুষ কী চাষ করত?
- কীভাবে খাদ্য উৎপাদন হতো?
- জমির মালিক কে ছিল?
- কৃষকের জীবন কেমন ছিল?
- কারা শ্রম দিত?
- সম্পদ কীভাবে বণ্টিত হতো?

ঐতিহাসিক বস্তুবাদ এই প্রশ্নগুলোকেই গুরুত্ব দেয়।

উৎপাদনই সভ্যতার ভিত্তি

মানুষের প্রথম কাজ কী?

খাদ্য সংগ্রহ।

তারপর—

আশ্রয় তৈরি।

পোশাক তৈরি।

যন্ত্র তৈরি।

অর্থাৎ উৎপাদন।

যে সমাজে উৎপাদনের পদ্ধতি যেমন, সেই সমাজের অর্থনীতি, রাজনীতি ও সামাজিক সম্পর্কও অনেকাংশে তার দ্বারা প্রভাবিত হতে পারে—ঐতিহাসিক বস্তুবাদ এই ধারণাকে গুরুত্ব দেয়।

মানবসমাজের বিকাশের ধাপ (মার্কসবাদী ব্যাখ্যা)

১. আদিম সাম্যবাদ

মানবসভ্যতার একেবারে প্রাথমিক পর্যায়ে মানুষ ছোট ছোট দলে বাস করত।

তখন—

- ব্যক্তিগত জমির মালিকানা ছিল না।
- খাদ্য ভাগাভাগি করে খাওয়া হতো।
- সবাই মিলে শিকার করত।

- সবাই মিলে ফল সংগ্রহ করত।

অর্থাৎ সম্পদের পরিমাণ কম ছিল এবং যৌথভাবে ব্যবহারই ছিল প্রধান বৈশিষ্ট্য।

---

২. দাসপ্রথার সমাজ

কৃষির উন্নতি হলো।

উদ্‌বৃত্ত উৎপাদন শুরু হলো।

যুদ্ধবন্দিদের শ্রমে কাজে লাগানো শুরু হলো।

এভাবেই দাসপ্রথাভিত্তিক সমাজের বিকাশ ঘটে।

এখানে—

- কিছু মানুষ মালিক।
- কিছু মানুষ দাস।

উৎপাদনের ওপর নিয়ন্ত্রণও অসম হয়ে ওঠে।

---

৩. সামন্ততন্ত্র

পরে বহু অঞ্চলে জমিকেন্দ্রিক সমাজব্যবস্থা গড়ে ওঠে।

এখানে—

- জমির মালিক ছিলেন সামন্ত বা জমিদার।
- কৃষকেরা জমি চাষ করতেন।
- উৎপাদনের একটি অংশ খাজনা বা ভাড়ার আকারে দিতে হতো।

এই সময়ে কৃষি অর্থনীতির প্রধান ভিত্তি ছিল।

---

৪. পুঁজিবাদ

শিল্পবিপ্লবের ফলে বড় কারখানা গড়ে ওঠে।

যন্ত্রের ব্যবহার বাড়ে।

বাণিজ্য ও শিল্পের প্রসার ঘটে।

এই পর্যায়ে—

- উৎপাদনের উপায়ের বড় অংশ ব্যক্তিগত বা কর্পোরেট মালিকানায় থাকে।
- শ্রমিক মজুরির বিনিময়ে কাজ করেন।
- বাজার, বিনিয়োগ এবং মুনাফা অর্থনীতির গুরুত্বপূর্ণ উপাদান হয়ে ওঠে।

মার্কসবাদ এই ব্যবস্থার শক্তি ও সীমাবদ্ধতা— দুই দিকই বিশ্লেষণ করার চেষ্টা করে।

---

৫. সমাজতন্ত্র (মার্কসবাদী ধারণা)

মার্কসবাদী তত্ত্বে সমাজতন্ত্রকে এমন একটি পর্যায় হিসেবে কল্পনা করা হয় যেখানে উৎপাদনের প্রধান উপায়ে সামাজিক বা রাষ্ট্রীয় মালিকানার ভূমিকা বৃদ্ধি পায় এবং বৈষম্য কমানোর চেষ্টা করা হয়।

বাস্তবে বিভিন্ন দেশে সমাজতন্ত্রের নীতি ও প্রয়োগ একে অপরের থেকে ভিন্ন হয়েছে।

---

৬. কমিউনিজম (তাত্ত্বিক লক্ষ্য)

মার্কসবাদী তত্ত্বে কমিউনিজমকে একটি দীর্ঘমেয়াদি আদর্শ সমাজ হিসেবে বর্ণনা করা হয়, যেখানে শ্রেণিবিভাজন ও শোষণ থাকবে না—এমন একটি ধারণা উপস্থাপন করা হয়।

এই পর্যায়ের বাস্তব রূপ ও সম্ভাবনা নিয়ে বিভিন্ন রাজনৈতিক ও একাডেমিক মত রয়েছে।

একটি সহজ উদাহরণ

ধরুন একটি গ্রামের কথা।

প্রথমে সবাই মিলে মাছ ধরে খায়।

পরে কেউ জমির মালিক হয়।

আবার পরে সেখানে কলকারখানা তৈরি হয়।

মানুষের কাজের ধরন, আয়ের উৎস, সামাজিক সম্পর্ক এবং ক্ষমতার কাঠামো বদলে যায়।

ঐতিহাসিক বস্তুবাদ এই পরিবর্তনের ধারাকেই বিশ্লেষণ করে।

ঐতিহাসিক বস্তুবাদের মূল বক্তব্য

- ইতিহাস পরিবর্তনশীল।
- উৎপাদনব্যবস্থা সমাজকে গভীরভাবে প্রভাবিত করে।
- অর্থনৈতিক পরিবর্তনের সঙ্গে সামাজিক ও রাজনৈতিক পরিবর্তনের সম্পর্ক থাকতে পারে।

- মানুষের শ্রম সভ্যতার বিকাশে মৌলিক ভূমিকা পালন করে।
- ইতিহাস বোঝার জন্য সাধারণ মানুষের জীবন ও শ্রমকেও গুরুত্ব দিতে হবে।

এই তত্ত্ব নিয়ে বিতর্ক

ঐতিহাসিক বস্তুবাদ ইতিহাস বিশ্লেষণের একটি প্রভাবশালী পদ্ধতি হলেও এটি একমাত্র পদ্ধতি নয়। অনেক ইতিহাসবিদ, সমাজবিজ্ঞানী ও অর্থনীতিবিদ মনে করেন যে ধর্ম, সংস্কৃতি, প্রযুক্তি, ভূগোল, নেতৃত্ব, আইন এবং অন্যান্য সামাজিক উপাদানও ইতিহাসের গতিপথ নির্ধারণে গুরুত্বপূর্ণ ভূমিকা পালন করে। তাই সমসাময়িক একাডেমিক গবেষণায় ইতিহাসকে সাধারণত বহু কারণের সমন্বয়ে ব্যাখ্যা করা হয়।

- ঐতিহাসিক বস্তুবাদ ইতিহাস বিশ্লেষণের একটি মার্কসবাদী পদ্ধতি।
- এটি মানুষের শ্রম, উৎপাদন ও সামাজিক সম্পর্ককে ইতিহাসের গুরুত্বপূর্ণ চালিকাশক্তি হিসেবে বিবেচনা করে।
- মানবসমাজকে আদিম সাম্যবাদ, দাসপ্রথা, সামন্ততন্ত্র, পুঁজিবাদ, সমাজতন্ত্র

এবং কমিউনিজম—এই ধারায় ব্যাখ্যা করা হয় (মার্কসবাদী তাত্ত্বিক কাঠামো অনুযায়ী)।

- ইতিহাসকে বোঝার ক্ষেত্রে এটি একটি গুরুত্বপূর্ণ দৃষ্টিভঙ্গি, তবে একাডেমিক জগতে অন্যান্য ব্যাখ্যাও সমানভাবে আলোচিত।

অধ্যায়- ৩

শ্রেণি সংগ্রাম (CLASS STRUGGLE) কী?

কেন মার্কস একে ইতিহাসের চালিকাশক্তি বলেছিলেন?

"এখন পর্যন্ত বিদ্যমান সমস্ত সমাজের ইতিহাস হলো শ্রেণি সংগ্রামের ইতিহাস।"

— The Communist Manifesto

ভূমিকা

আপনি যদি একজন কৃষককে জিজ্ঞাসা করেন—"আপনার সবচেয়ে বড় সমস্যা কী?"

তিনি হয়তো বলবেন—

- উৎপাদন খরচ বেড়েছে।
- ফসলের দাম কম।
- ঋণের বোঝা বেশি।

একজন শ্রমিককে জিজ্ঞাসা করলে তিনি বলতে পারেন—

- মজুরি কম।
- কাজ অনিশ্চিত।

- চাকরির নিরাপত্তা নেই।

অন্যদিকে একজন কারখানার মালিক বলতে পারেন—

- উৎপাদন ব্যয় বেড়েছে।
- বাজারে প্রতিযোগিতা বাড়ছে।
- কর ও বিনিয়োগের চাপ রয়েছে।

দেখা যাচ্ছে, সমাজের বিভিন্ন মানুষের সমস্যা ও স্বার্থ এক নয়। মার্কস এই ভিন্ন স্বার্থের বিশ্লেষণ থেকেই **শ্রেণি সংগ্রাম** ধারণাটি ব্যাখ্যা করেন।

শ্রেণি বলতে কী বোঝায়?

মার্কসবাদে **শ্রেণি (Class)** বলতে শুধু ধনী-গরিব বোঝায় না।

বরং মানুষ **উৎপাদন ব্যবস্থার সঙ্গে কী সম্পর্কের মধ্যে আছে**, তার ভিত্তিতে শ্রেণি বিশ্লেষণ করা হয়।

সহজভাবে—

যার উৎপাদনের উপায়ের ওপর মালিকানা আছে, তার অবস্থান এক রকম।

যিনি নিজের শ্রম বিক্রি করে জীবিকা নির্বাহ করেন, তার অবস্থান আরেক রকম।

এই বিশ্লেষণ অর্থনৈতিক সম্পর্ককে গুরুত্ব দেয়; বাস্তব সমাজে মানুষের পরিচয় অবশ্যই আরও বহুমাত্রিক—যেমন শিক্ষা,

সংস্কৃতি, পেশা, লিঙ্গ, জাতিগত পরিচয় ইত্যাদিও গুরুত্বপূর্ণ।

উৎপাদনের উপায় কী?

উৎপাদনের উপায় বলতে বোঝায়—

- জমি
- কারখানা
- যন্ত্র
- খনি
- বিদ্যুৎ ব্যবস্থা
- প্রযুক্তি
- কাঁচামাল

অর্থাৎ যেসব উপকরণ ব্যবহার করে উৎপাদন করা হয়।

শ্রেণি সংগ্রাম কী?

শ্রেণি সংগ্রাম মানে সব সময় যুদ্ধ বা সহিংসতা নয়।

বরং সমাজের বিভিন্ন শ্রেণির মধ্যে **স্বার্থের সংঘাত**।

যেমন—

শ্রমিক চান—

- বেশি মজুরি।
- কম সময় কাজ।

- নিরাপদ কর্মপরিবেশ।

মালিক চাইতে পারেন—

- উৎপাদন খরচ কমানো।
- বেশি লাভ।
- উৎপাদন বৃদ্ধি।

এই ভিন্ন স্বার্থ থেকেই বিভিন্ন ধরনের আলোচনা, দরকষাকষি, ধর্মঘট, আন্দোলন, নীতিগত পরিবর্তনের দাবি বা অন্যান্য সামাজিক-রাজনৈতিক প্রক্রিয়া তৈরি হতে পারে।

একটি সহজ উদাহরণ

ধরুন একটি জুতো কারখানা।

একশো শ্রমিক কাজ করছেন।

মালিক কারখানা চালাচ্ছেন।

শ্রমিকরা বলছেন—

"আমাদের মজুরি বাড়ান।"

মালিক বলছেন—

"এখন বাড়ানো সম্ভব নয়।"

এই মতপার্থক্য থেকেই আলোচনা শুরু হয়।

প্রয়োজনে ইউনিয়ন গড়ে ওঠে।

আলোচনা হয়।

কখনও সমঝোতা হয়।

কখনও আন্দোলন হয়।

মার্কসবাদ এই ধরনের সম্পর্ককে শ্রেণিগত স্বার্থের আলোকে বিশ্লেষণ করে।

ইতিহাসে শ্রেণি সংগ্রামের উদাহরণ

মার্কসবাদী ব্যাখ্যায়—

দাস বনাম দাসমালিক

দাস শ্রম দিত।

মালিক নিয়ন্ত্রণ করত।

কৃষক বনাম সামন্তপ্রভু

কৃষক উৎপাদন করত।

জমির মালিক খাজনা নিতেন।

শ্রমিক বনাম শিল্পপতি

শ্রমিক শ্রম দেন।

মালিক উৎপাদনের সংগঠন ও পুঁজি নিয়ন্ত্রণ করেন।

শ্রেণি সংগ্রাম কি সব সময় সহিংস?

না।

এটি একটি সাধারণ ভুল ধারণা।

শ্রেণি সংগ্রাম বিভিন্ন রূপ নিতে পারে—

- ট্রেড ইউনিয়নের আলোচনা
- ধর্মঘট
- শ্রম আইন পরিবর্তনের দাবি
- ভোটের মাধ্যমে নীতি পরিবর্তনের চেষ্টা
- আদালতে অধিকার দাবি
- গণআন্দোলন
- সমষ্টিগত দরকষাকষি

সব ক্ষেত্রেই সহিংসতা অপরিহার্য নয়।

বর্তমান সমাজে শ্রেণি সংগ্রাম আছে কি?

এই প্রশ্নের উত্তর নিয়ে বিভিন্ন মত রয়েছে।

মার্কসবাদী চিন্তাবিদেরা মনে করেন, অর্থনৈতিক স্বার্থের সংঘাত আজও বিদ্যমান এবং তা বিভিন্ন রূপে প্রকাশ পায়।

অন্যদিকে অনেক অর্থনীতিবিদ ও সমাজবিজ্ঞানী মনে করেন, আধুনিক সমাজকে শুধু শ্রেণির ভিত্তিতে ব্যাখ্যা করা যথেষ্ট নয়; প্রযুক্তি, শিক্ষা, রাষ্ট্রের নীতি, বিশ্বায়ন, সংস্কৃতি, পরিচয় রাজনীতি এবং অন্যান্য সামাজিক উপাদানও সমান গুরুত্বপূর্ণ।

কেন মার্কস একে ইতিহাসের চালিকাশক্তি বলেছিলেন?

মার্কসের মতে—

যখন সমাজে উৎপাদনব্যবস্থা পরিবর্তিত হয় এবং বিভিন্ন শ্রেণির স্বার্থের সংঘাত তীব্র হয়, তখন সামাজিক ও রাজনৈতিক পরিবর্তনের সম্ভাবনা তৈরি হয়।

এই কারণেই তিনি শ্রেণি সংগ্রামকে ইতিহাসের অন্যতম গুরুত্বপূর্ণ চালিকাশক্তি হিসেবে দেখেছিলেন।

- শ্রেণি মানে শুধু ধনী ও গরিব নয়; উৎপাদন ব্যবস্থার সঙ্গে মানুষের সম্পর্কও গুরুত্বপূর্ণ।
- শ্রেণি সংগ্রাম বলতে মূলত বিভিন্ন শ্রেণির স্বার্থের সংঘাত বোঝানো হয়।
- এটি সব সময় সহিংসতার অর্থ বহন করে না।
- মার্কসবাদে শ্রেণি সংগ্রাম ইতিহাস বিশ্লেষণের একটি কেন্দ্রীয় ধারণা।
- তবে সমসাময়িক গবেষণায় ইতিহাস ও সমাজ বিশ্লেষণে আরও অনেক উপাদানকেও গুরুত্বপূর্ণ হিসেবে বিবেচনা করা হয়।

শ্রেণি এবং পেশার মধ্যে পার্থক্য কী?

রাজনৈতিক অর্থনীতি ও সমাজবিজ্ঞানে **"শ্রেণি"** (Class) এবং **"পেশা"** (Occupation) এক জিনিস নয়। অনেক সময় একজন মানুষের পেশা দেখে তার শ্রেণি নির্ধারণ করা যায় না। কারণ পেশা বলে মানুষ **কী কাজ করেন**, আর শ্রেণি বলে তিনি **উৎপাদন ব্যবস্থা ও অর্থনৈতিক সম্পর্কের মধ্যে কী অবস্থানে আছেন**।

পেশা (OCCUPATION) কী?

পেশা হলো জীবিকা অর্জনের জন্য একজন মানুষ যে কাজ করেন।

উদাহরণ:

- শিক্ষক
- ডাক্তার
- প্রকৌশলী
- কৃষক
- শ্রমিক
- আইনজীবী
- চালক
- দোকানদার
- সাংবাদিক

অর্থাৎ, পেশা মানুষের কাজের ধরনকে বোঝায়।

শ্রেণি (CLASS) কী?

মার্কসবাদী বিশ্লেষণে শ্রেণি নির্ধারিত হয় মূলত একজন মানুষের **উৎপাদনের উপায়ের সঙ্গে সম্পর্ক** এবং **আয়ের উৎস** দ্বারা।

প্রশ্নগুলো হলো—

- তিনি কি উৎপাদনের উপায়ের মালিক?
- তিনি কি নিজের শ্রম বিক্রি করে জীবিকা নির্বাহ করেন?
- তিনি কি অন্যের শ্রম নিয়োগ করেন?
- তাঁর প্রধান আয়ের উৎস কী?

এই প্রশ্নগুলির উত্তর শ্রেণি বিশ্লেষণে গুরুত্বপূর্ণ।

সহজ উদাহরণ

ধরুন একই পেশার দুইজন মানুষ আছেন।

উদাহরণ ১: ডাক্তার

ডাক্তার–১

তিনি একটি সরকারি হাসপাতালে চাকরি করেন।

তিনি মাসিক বেতন পান।

তাঁর আয়ের প্রধান উৎস তাঁর পেশাগত শ্রম।

ডাক্তার–২

তিনি একটি বড় বেসরকারি হাসপাতালের মালিক।

সেখানে শতাধিক ডাক্তার ও কর্মচারী কাজ করেন।

তাঁর আয়ের একটি বড় অংশ আসে হাসপাতালের মালিকানা ও বিনিয়োগ থেকে।

দুজনের পেশা একই—ডাক্তার। কিন্তু অর্থনৈতিক অবস্থান এক নয়।

উদাহরণ ২: কৃষক

একজন কৃষক নিজের ছোট জমিতে নিজে ও পরিবারের সদস্যদের সঙ্গে চাষ করেন।

অন্য একজনের হাজার বিঘা জমি রয়েছে এবং বহু মজুর নিয়োগ করে চাষ করান।

দুজনই কৃষিকাজের সঙ্গে যুক্ত, কিন্তু উৎপাদন ব্যবস্থায় তাঁদের ভূমিকা ভিন্ন।

উদাহরণ ৩: দোকান

একজন ছোট চায়ের দোকান চালান এবং নিজেই কাজ করেন।

অন্যজন একটি বড় সুপারমার্কেটের মালিক, যেখানে বহু কর্মচারী কাজ করেন।

দুজনই ব্যবসা করেন, কিন্তু তাদের অর্থনৈতিক অবস্থান একই নয়।

পেশা বদলাতে পারে, শ্রেণি-অবস্থানও বদলাতে পারে

একজন শ্রমিক পরে ব্যবসায়ী হতে পারেন।

একজন ব্যবসায়ী দেউলিয়া হয়ে চাকরিজীবী হতে পারেন।

একজন শিক্ষক একটি বড় শিক্ষা প্রতিষ্ঠানের উদ্যোক্তাও হতে পারেন।

অর্থাৎ, পেশা যেমন পরিবর্তিত হতে পারে, তেমনি অর্থনৈতিক অবস্থানও সময়ের সঙ্গে বদলাতে পারে।

মার্কসবাদ কেন শ্রেণিকে গুরুত্ব দেয়?

মার্কসের মতে, সমাজে বিভিন্ন অর্থনৈতিক অবস্থান মানুষের স্বার্থ, সুযোগ এবং সীমাবদ্ধতাকে প্রভাবিত করতে পারে। তাই তিনি সমাজ বিশ্লেষণে শ্রেণির ধারণাকে গুরুত্বপূর্ণ মনে করেছিলেন।

তবে সমসাময়িক সমাজবিজ্ঞানীরা এ-ও বলেন যে, আধুনিক সমাজে মানুষের অবস্থান বোঝার জন্য শুধু শ্রেণি নয়; শিক্ষা, দক্ষতা, লিঙ্গ, জাতিগত পরিচয়, সংস্কৃতি, সামাজিক পুঁজি এবং রাষ্ট্রের নীতিও গুরুত্বপূর্ণ ভূমিকা পালন করে।

শ্রেণি ও পেশার মূল পার্থক্য

পেশা	শ্রেণি
মানুষ কী কাজ করেন	উৎপাদন ব্যবস্থা ও অর্থনৈতিক সম্পর্কের মধ্যে তাঁর অবস্থান কী
জীবিকা অর্জনের মাধ্যম	অর্থনৈতিক অবস্থান ও আয়ের কাঠামো
একই পেশায় অনেক ধরনের মানুষ থাকতে পারেন	একই শ্রেণিতে বিভিন্ন পেশার মানুষ থাকতে পারেন
সহজে দেখা যায়	বিশ্লেষণ করে বোঝা যায়

পেশা একজন মানুষের কাজের পরিচয় দেয়, কিন্তু শ্রেণি তাঁর অর্থনৈতিক ও সামাজিক অবস্থান বিশ্লেষণের একটি ধারণা। তাই একই পেশার দুই ব্যক্তির শ্রেণিগত অবস্থান ভিন্ন হতে পারে, আবার একই শ্রেণিতে বিভিন্ন পেশার মানুষও থাকতে পারেন। মার্কসবাদে এই পার্থক্য

সমাজ ও অর্থনীতির সম্পর্ক বোঝার একটি গুরুত্বপূর্ণ ভিত্তি।

একটি হাসপাতাল, একটি স্কুল এবং একটি কারখানার উদাহরণ দিয়ে বিভিন্ন স্বার্থসম্পন্ন গোষ্ঠীর ব্যাখ্যা

সমাজে কোনো প্রতিষ্ঠানই শুধু একজন মানুষকে নিয়ে পরিচালিত হয় না। একটি হাসপাতাল, একটি স্কুল কিংবা একটি কারখানায় বিভিন্ন ভূমিকার মানুষ কাজ করেন। তাঁদের লক্ষ্য অনেক ক্ষেত্রেই এক হলেও, অর্থনৈতিক, পেশাগত বা প্রশাসনিক স্বার্থ ভিন্ন হতে পারে। এই ভিন্ন স্বার্থ বোঝা সমাজ ও অর্থনীতির বিশ্লেষণে গুরুত্বপূর্ণ।

১. হাসপাতাল

একটি বেসরকারি হাসপাতালের উদাহরণ ধরা যাক।

এখানে বিভিন্ন গোষ্ঠী রয়েছে—

- হাসপাতালের মালিক বা পরিচালনা পর্ষদ
- চিকিৎসক
- নার্স
- টেকনিশিয়ান
- পরিচ্ছন্নতা কর্মী
- প্রশাসনিক কর্মচারী
- রোগী ও তাঁদের পরিবার
- ওষুধ ও চিকিৎসা সরঞ্জাম সরবরাহকারী

কার স্বার্থ কী?

হাসপাতাল কর্তৃপক্ষ চাইতে পারে প্রতিষ্ঠানটি আর্থিকভাবে টেকসই হোক, উন্নত পরিষেবা দিক এবং পরিচালন ব্যয় নিয়ন্ত্রণে থাকুক।

চিকিৎসক ও কর্মীরা সাধারণত উপযুক্ত বেতন, নিরাপদ কর্মপরিবেশ, পর্যাপ্ত জনবল এবং পেশাগত মর্যাদা প্রত্যাশা করেন।

রোগীরা সুলভ ব্যয়ে উন্নত চিকিৎসা, দ্রুত পরিষেবা এবং মানবিক আচরণ চান।

এখানে সবার লক্ষ্য চিকিৎসাসেবা হলেও, বিভিন্ন গোষ্ঠীর অগ্রাধিকার এক নাও হতে পারে। তাই আলোচনার মাধ্যমে ভারসাম্য রক্ষা গুরুত্বপূর্ণ।

---

২. স্কুল

একটি বিদ্যালয়ে রয়েছে—

- বিদ্যালয়ের পরিচালনা কমিটি
- প্রধান শিক্ষক
- শিক্ষক-শিক্ষিকা
- অশিক্ষক কর্মচারী
- শিক্ষার্থী
- অভিভাবক
- সরকার (যদি সরকারি বা সরকারি সহায়তাপ্রাপ্ত বিদ্যালয় হয়)

কার স্বার্থ কী?

পরিচালনা কর্তৃপক্ষ বিদ্যালয়ের সুষ্ঠু পরিচালনা, আর্থিক ব্যবস্থাপনা এবং সুনাম বজায় রাখতে আগ্রহী।

শিক্ষকেরা ন্যায্য বেতন, যুক্তিসংগত কর্মঘণ্টা, প্রশিক্ষণ এবং ভালো শিক্ষার পরিবেশ চান।

শিক্ষার্থীরা মানসম্মত শিক্ষা, নিরাপদ পরিবেশ এবং প্রয়োজনীয় সুযোগ-সুবিধা প্রত্যাশা করে।

অভিভাবকেরা ভালো ফলাফল, শৃঙ্খলা এবং সন্তানের সার্বিক বিকাশ চান।

এসব স্বার্থ অনেক ক্ষেত্রে মিললেও, কখনও কখনও ভর্তি নীতি, ফি, কর্মপরিবেশ বা অন্যান্য বিষয়ে মতপার্থক্য দেখা দিতে পারে।

---

৩. কারখানা

একটি পোশাক বা ইস্পাত কারখানার উদাহরণ নেওয়া যাক।

এখানে রয়েছে—

- মালিক বা শেয়ারহোল্ডার
- ব্যবস্থাপক
- প্রকৌশলী
- সুপারভাইজার

- শ্রমিক
- ট্রেড ইউনিয়ন (যদি থাকে)
- ক্রেতা ও সরবরাহকারী

কার স্বার্থ কী?

মালিক উৎপাদন বাড়ানো, ব্যবসা লাভজনক রাখা এবং বাজারে প্রতিযোগিতায় টিকে থাকতে চান।

শ্রমিকরা ন্যায্য মজুরি, নিরাপদ কর্মপরিবেশ, নির্দিষ্ট কর্মঘণ্টা এবং চাকরির নিরাপত্তা চান।

ব্যবস্থাপক উৎপাদনের দক্ষতা, গুণমান এবং সময়মতো কাজ শেষ করার দিকে গুরুত্ব দেন।

ক্রেতারা কম দামে ভালো মানের পণ্য চান।

এখানে বিভিন্ন গোষ্ঠীর স্বার্থ একে অপরের সঙ্গে সম্পর্কযুক্ত। কখনও স্বার্থের পার্থক্য দেখা দিলে আলোচনা, সমষ্টিগত দরকষাকষি, আইন বা নীতিগত সমাধানের মাধ্যমে সমন্বয় করার চেষ্টা করা হয়।

হাসপাতাল, স্কুল কিংবা কারখানা—প্রতিটি প্রতিষ্ঠানে একাধিক স্বার্থসম্পন্ন গোষ্ঠী থাকে। তাদের ভূমিকা ও অগ্রাধিকার ভিন্ন হতে পারে, কিন্তু একটি প্রতিষ্ঠান সফলভাবে পরিচালিত হওয়ার জন্য পারস্পরিক সহযোগিতা, সংলাপ এবং ন্যায্য নীতির প্রয়োজন হয়।

সমাজবিজ্ঞানে এবং মার্কসবাদী বিশ্লেষণে এই ভিন্ন অর্থনৈতিক ও সামাজিক স্বার্থকে গুরুত্বপূর্ণ বলে বিবেচনা করা হয়। একই সঙ্গে আধুনিক প্রতিষ্ঠান পরিচালনায় আলোচনার মাধ্যমে সমন্বয়, শ্রম আইন, পেশাগত নৈতিকতা এবং গণতান্ত্রিক সিদ্ধান্ত গ্রহণও সমান গুরুত্বপূর্ণ।

ভারতের বিভিন্ন রাজ্য ও জেলার অর্থনৈতিক বাস্তবতা এক নয়। তাই কোনো এলাকার সমস্যা বিশ্লেষণ করতে হলে স্থানীয় তথ্য, সরকারি পরিসংখ্যান এবং মানুষের অভিজ্ঞতা বিবেচনা করা জরুরি। নিচে একটি সাধারণ কাঠামো দেওয়া হলো, যা স্থানভেদে পরিবর্তিত হতে পারে।

১. শ্রমিকদের প্রধান অর্থনৈতিক সমস্যা

(ক) কর্মসংস্থানের অনিশ্চয়তা

অনেক শ্রমিক স্থায়ী চাকরির পরিবর্তে চুক্তিভিত্তিক, অস্থায়ী বা দৈনিক মজুরির কাজ করেন। ফলে নিয়মিত আয়ের নিশ্চয়তা থাকে না।

(খ) মূল্যবৃদ্ধির তুলনায় আয়ের চাপ

খাদ্য, বাসস্থান, স্বাস্থ্য, শিক্ষা ও যাতায়াতের ব্যয় বাড়লেও অনেক ক্ষেত্রে মজুরির বৃদ্ধি সেই হারে হয় না। এর ফলে প্রকৃত ক্রয়ক্ষমতা কমে যেতে পারে।

(গ) সামাজিক সুরক্ষার সীমাবদ্ধতা

অসংগঠিত খাতের বহু শ্রমিকের ক্ষেত্রে পেনশন, স্বাস্থ্যবিমা, বেতনসহ ছুটি বা অন্যান্য সামাজিক সুরক্ষা সুবিধা সীমিত থাকে।

(ঘ) দক্ষতা উন্নয়নের সুযোগ

প্রযুক্তিগত পরিবর্তনের সঙ্গে তাল মিলিয়ে নতুন দক্ষতা অর্জনের সুযোগ সবার কাছে সমানভাবে পৌঁছায় না।

---

২. কৃষকদের প্রধান অর্থনৈতিক সমস্যা

(ক) উৎপাদন ব্যয় বৃদ্ধি

বীজ, সার, কীটনাশক, সেচ, জ্বালানি ও কৃষিযন্ত্রের খরচ বৃদ্ধি কৃষকের ওপর আর্থিক চাপ সৃষ্টি করতে পারে।

(খ) বাজারদামের অনিশ্চয়তা

ফসল তোলার সময় বাজারে অতিরিক্ত সরবরাহ থাকলে দাম কমে যেতে পারে, ফলে উৎপাদন খরচ ওঠানো কঠিন হয়ে পড়ে।

(গ) প্রাকৃতিক ঝুঁকি

খরা, অতিবৃষ্টি, বন্যা, ঘূর্ণিঝড় বা কীটপতঙ্গের আক্রমণে ফসলের ক্ষতি হলে কৃষকের আয় কমে যায়।

(ঘ) ঋণ ও মূলধনের সমস্যা

ক্ষুদ্র ও প্রান্তিক কৃষকদের অনেক সময় স্বল্প সুদে ঋণ, আধুনিক প্রযুক্তি বা পর্যাপ্ত মূলধন পাওয়া কঠিন হয়।

---

৩. ক্ষুদ্র ব্যবসায়ীদের প্রধান অর্থনৈতিক সমস্যা

(ক) মূলধনের অভাব

ব্যবসা সম্প্রসারণের জন্য প্রয়োজনীয় বিনিয়োগ বা সহজ শর্তে ঋণ পাওয়া সব সময় সম্ভব হয় না।

(খ) বড় প্রতিষ্ঠানের সঙ্গে প্রতিযোগিতা

বৃহৎ খুচরা বিক্রেতা, ই-কমার্স এবং বড় ব্র্যান্ডের সঙ্গে প্রতিযোগিতা করা অনেক ক্ষুদ্র ব্যবসায়ীর জন্য চ্যালেঞ্জ।

(গ) বিক্রির অনিশ্চয়তা

বাজারে চাহিদার ওঠানামা, মৌসুমি বিক্রি এবং ভোক্তার পছন্দের পরিবর্তন ব্যবসায় প্রভাব ফেলতে পারে।

(ঘ) পরিচালন ব্যয়

দোকান ভাড়া, বিদ্যুৎ, পরিবহন এবং অন্যান্য খরচ বেড়ে গেলে লাভের পরিমাণ কমে যেতে পারে।

সমস্যাগুলির সম্ভাব্য প্রভাব

এই ধরনের অর্থনৈতিক চ্যালেঞ্জের ফলে—

- পরিবারের সঞ্চয় কমে যেতে পারে।
- শিক্ষা ও স্বাস্থ্য খাতে ব্যয় সীমিত হতে পারে।
- নতুন বিনিয়োগে অনীহা দেখা দিতে পারে।
- কর্মসংস্থানের সুযোগ কমতে পারে।
- কিছু ক্ষেত্রে মানুষ অন্যত্র কাজের সন্ধানে যেতে বাধ্য হতে পারেন।

সম্ভাব্য করণীয়

- দক্ষতা উন্নয়ন ও প্রশিক্ষণের সুযোগ বৃদ্ধি।
- কৃষি ও ক্ষুদ্র উদ্যোগে প্রযুক্তির ব্যবহার বাড়ানো।
- সহজ শর্তে ঋণ ও আর্থিক পরিষেবার প্রাপ্যতা বৃদ্ধি।
- বাজারে ন্যায্য প্রতিযোগিতা ও স্বচ্ছ বিপণন ব্যবস্থা।
- সামাজিক সুরক্ষা কর্মসূচির কার্যকর বাস্তবায়ন।
- স্থানীয় উৎপাদন ও ক্ষুদ্র উদ্যোগকে সহায়ক নীতি গ্রহণ।

শ্রমিক, কৃষক ও ক্ষুদ্র ব্যবসায়ীরা দেশের অর্থনীতির গুরুত্বপূর্ণ অংশ। তাঁদের অর্থনৈতিক সমস্যা একক কোনো কারণে সৃষ্টি হয় না; বরং বাজার, প্রযুক্তি, প্রাকৃতিক পরিবেশ, সরকারি নীতি, বৈশ্বিক অর্থনীতি এবং স্থানীয় বাস্তবতার সম্মিলিত প্রভাবে গড়ে ওঠে। তাই কার্যকর সমাধানের জন্য তথ্যভিত্তিক বিশ্লেষণ, বিভিন্ন পক্ষের অংশগ্রহণ এবং দীর্ঘমেয়াদি নীতিগত উদ্যোগ প্রয়োজন।

অধ্যায়– ৪

পুঁজিবাদ (CAPITALISM)

শক্তি, সীমাবদ্ধতা ও বৈষম্য

"পুঁজিবাদকে বুঝতে হলে শুধু তার সমালোচনা নয়, তার সাফল্যগুলিও বুঝতে হবে। তবেই তার সীমাবদ্ধতা বিচার করা সম্ভব।"

ভূমিকা

আধুনিক বিশ্বের অধিকাংশ দেশের অর্থনীতি কোনো না কোনো মাত্রায় পুঁজিবাদী নীতির দ্বারা প্রভাবিত। আপনি যে মোবাইল ফোন ব্যবহার করছেন, যে পোশাক পরছেন, যে ওষুধ খাচ্ছেন, যে গাড়িতে চলছেন—এসবের অধিকাংশই বেসরকারি উদ্যোগ, বাজার ও বিনিয়োগের মাধ্যমে উৎপাদিত।

পুঁজিবাদ শুধু একটি অর্থনৈতিক ব্যবস্থা নয়; এটি উৎপাদন, বাজার, বিনিয়োগ, প্রতিযোগিতা, প্রযুক্তি এবং সম্পদের বণ্টনের একটি বিশেষ কাঠামো।

মার্কসবাদ পুঁজিবাদের সমালোচনা করেছে, কিন্তু একই সঙ্গে মার্কস স্বীকার করেছিলেন যে পুঁজিবাদ ইতিহাসে উৎপাদনশক্তির অসাধারণ বিকাশ ঘটিয়েছে। তাই

পুঁজিবাদকে বুঝতে হলে তার শক্তি ও সীমাবদ্ধতা—দুই দিকই বিচার করতে হবে।

পুঁজিবাদ কী?

পুঁজিবাদ এমন একটি অর্থনৈতিক ব্যবস্থা, যেখানে—

- উৎপাদনের অধিকাংশ উপায় ব্যক্তিগত বা কর্পোরেট মালিকানায় থাকে।
- বাজারে চাহিদা ও যোগানের ভিত্তিতে পণ্য ও পরিষেবার লেনদেন হয়।
- মানুষ মজুরির বিনিময়ে শ্রম প্রদান করেন।
- উদ্যোক্তারা বিনিয়োগ করে লাভের উদ্দেশ্যে উৎপাদন পরিচালনা করেন।
- প্রতিযোগিতা ও উদ্ভাবনকে অর্থনৈতিক অগ্রগতির গুরুত্বপূর্ণ চালিকা শক্তি হিসেবে দেখা হয়।

পুঁজিবাদের প্রধান বৈশিষ্ট্য

১. ব্যক্তিগত মালিকানা

জমি, কারখানা, প্রযুক্তি, ব্যবসা বা অন্যান্য উৎপাদনের উপায় ব্যক্তি বা বেসরকারি প্রতিষ্ঠানের মালিকানায় থাকতে পারে।

২. লাভের উদ্দেশ্য

উৎপাদনের অন্যতম প্রধান উদ্দেশ্য হলো মুনাফা অর্জন।

৩. বাজার অর্থনীতি

পণ্যের দাম সাধারণত বাজারে ক্রেতা ও বিক্রেতার পারস্পরিক সম্পর্কের ভিত্তিতে নির্ধারিত হয়।

৪. প্রতিযোগিতা

একাধিক প্রতিষ্ঠান একই ধরনের পণ্য উৎপাদন করলে প্রতিযোগিতা সৃষ্টি হয়। এর ফলে মানোন্নয়ন ও নতুন উদ্ভাবনের প্রেরণা তৈরি হতে পারে।

পুঁজিবাদের শক্তি

১. উৎপাদনশীলতার দ্রুত বৃদ্ধি

শিল্পবিপ্লবের পর পুঁজিবাদ উৎপাদনের গতি বহুগুণ বাড়িয়েছে।

আজকের—

- বিমান
- কম্পিউটার
- স্মার্টফোন
- আধুনিক চিকিৎসা

- ইন্টারনেট

এসবের বিকাশে বেসরকারি বিনিয়োগ ও উদ্ভাবন গুরুত্বপূর্ণ ভূমিকা পালন করেছে।

---

২. প্রযুক্তিগত উদ্ভাবন

বাজারে প্রতিযোগিতা নতুন প্রযুক্তি উদ্ভাবনে উৎসাহ দেয়।

যে প্রতিষ্ঠান ভালো প্রযুক্তি ব্যবহার করবে, সাধারণভাবে তার বাজারে টিকে থাকার সম্ভাবনা বাড়ে।

---

৩. কর্মসংস্থান সৃষ্টি

কারখানা, শিল্প, পরিষেবা, তথ্যপ্রযুক্তি, ব্যাংকিং, পরিবহন—বিভিন্ন ক্ষেত্রে বিপুল কর্মসংস্থান সৃষ্টি হয়েছে।

---

৪. ভোক্তার বিকল্প বৃদ্ধি

একসময় একটি পণ্য কিনতে খুব কম বিকল্প ছিল।

আজ একজন ক্রেতা বিভিন্ন কোম্পানির পণ্য তুলনা করে নিজের পছন্দমতো নির্বাচন করতে পারেন।

---

৫. বিনিয়োগের সুযোগ

পুঁজিবাদী ব্যবস্থায় ব্যক্তি ও প্রতিষ্ঠান নতুন ব্যবসায় বিনিয়োগ করে অর্থনৈতিক কার্যক্রম সম্প্রসারণ করতে পারেন।

পুঁজিবাদের সীমাবদ্ধতা

১. সম্পদের অসম বণ্টন

পুঁজিবাদের অন্যতম সমালোচনা হলো সম্পদ ও আয়ের বৈষম্য বৃদ্ধি।

অনেক ক্ষেত্রে অল্পসংখ্যক ব্যক্তি বা প্রতিষ্ঠানের হাতে বিপুল সম্পদ কেন্দ্রীভূত হতে পারে, অন্যদিকে বহু মানুষের আয় তুলনামূলকভাবে কম থাকে।

---

২. বেকারত্ব

প্রযুক্তির উন্নতির ফলে উৎপাদন বাড়লেও কিছু ক্ষেত্রে যন্ত্র মানুষের কাজের একটি অংশ প্রতিস্থাপন করতে পারে। এর ফলে নতুন দক্ষতার প্রয়োজন হয় এবং কিছু কর্মক্ষেত্রে কর্মসংস্থানের ধরন বদলে যেতে পারে।

---

৩. অর্থনৈতিক সংকট

ইতিহাসে বিভিন্ন সময়ে আর্থিক মন্দা ও অর্থনৈতিক সংকট দেখা গেছে।

যেমন—

- ১৯২৯ সালের মহামন্দা।

- ২০০৮ সালের বৈশ্বিক আর্থিক সংকট।

এসব ঘটনা দেখিয়েছে যে বাজার অর্থনীতিও অস্থিরতার মুখোমুখি হতে পারে।

---

৪. পরিবেশগত চাপ

অতিরিক্ত উৎপাদন, প্রাকৃতিক সম্পদের ব্যবহার এবং শিল্পায়নের ফলে দূষণ, বন উজাড় এবং জলবায়ু পরিবর্তনের মতো সমস্যা তৈরি হতে পারে।

---

৫. শ্রমের প্রশ্ন

সমালোচকদের মতে, প্রতিযোগিতায় টিকে থাকার চাপে কিছু ক্ষেত্রে কম মজুরি, অনিশ্চিত কর্মসংস্থান বা দীর্ঘ কর্মঘণ্টার মতো সমস্যা দেখা দিতে পারে। অন্যদিকে সমর্থকেরা বলেন, কার্যকর শ্রম আইন, ট্রেড ইউনিয়ন এবং সামাজিক সুরক্ষা থাকলে এসব সমস্যা অনেকটাই মোকাবিলা করা সম্ভব।

বৈষম্য কেন সৃষ্টি হয়?

বৈষম্যের কারণ একাধিক হতে পারে—

- সম্পদের অসম মালিকানা
- শিক্ষার সুযোগের পার্থক্য
- প্রযুক্তিগত দক্ষতার বৈষম্য
- উত্তরাধিকারসূত্রে সম্পদ প্রাপ্তি

- ভৌগোলিক অবস্থান
- সামাজিক ও অর্থনৈতিক নীতির প্রভাব
- বাজারে প্রতিযোগিতার ফল

মার্কসবাদ এই বৈষম্যের প্রধান কারণ হিসেবে উৎপাদনের উপায়ের মালিকানার অসমতা ও শ্রেণিগত সম্পর্ককে গুরুত্ব দেয়। অন্যদিকে অনেক অর্থনীতিবিদ শিক্ষা, প্রযুক্তি, নীতি, বিশ্বায়ন ও মানবসম্পদ উন্নয়নের ভূমিকাকেও সমান গুরুত্বপূর্ণ বলে মনে করেন।

পুঁজিবাদ কি সম্পূর্ণ খারাপ?

না।

আধুনিক অর্থনীতি নিয়ে গবেষণায় সাধারণভাবে দেখা যায়, পুঁজিবাদ অনেক দেশে উদ্ভাবন, উৎপাদনশীলতা ও আয় বৃদ্ধি করেছে। একই সঙ্গে বৈষম্য, বাজার ব্যর্থতা, পরিবেশগত চাপ এবং অর্থনৈতিক অস্থিরতার মতো চ্যালেঞ্জও সৃষ্টি করতে পারে।

এই কারণেই অনেক দেশ **মিশ্র অর্থনীতি** অনুসরণ করে, যেখানে বাজার ব্যবস্থার পাশাপাশি রাষ্ট্র শিক্ষা, স্বাস্থ্য, সামাজিক সুরক্ষা এবং নিয়ন্ত্রণমূলক ভূমিকা পালন করে।

পুঁজিবাদ সম্পর্কে মার্কসের দৃষ্টিভঙ্গি

মার্কস পুঁজিবাদকে ইতিহাসের একটি গুরুত্বপূর্ণ পর্যায় হিসেবে দেখেছিলেন। তাঁর মতে, এটি উৎপাদনশক্তির বিরাট বিকাশ ঘটিয়েছে, কিন্তু একই সঙ্গে এর অভ্যন্তরীণ বৈপরীত্য—যেমন শ্রেণিগত স্বার্থের সংঘাত ও বৈষম্য—দীর্ঘমেয়াদে সামাজিক পরিবর্তনের ভিত্তি তৈরি করতে পারে। এই বিশ্লেষণ মার্কসবাদী তত্ত্বের অংশ এবং তা নিয়ে দীর্ঘদিন ধরে সমর্থন ও সমালোচনা—উভয়ই রয়েছে।

- পুঁজিবাদ হলো ব্যক্তিগত মালিকানা, বাজার ও মুনাফাভিত্তিক অর্থনৈতিক ব্যবস্থা।
- এর শক্তির মধ্যে রয়েছে উদ্ভাবন, উৎপাদনশীলতা, বিনিয়োগ, কর্মসংস্থান ও ভোক্তার বিকল্প বৃদ্ধি।
- এর সীমাবদ্ধতার মধ্যে রয়েছে বৈষম্য, অর্থনৈতিক সংকট, পরিবেশগত চাপ এবং শ্রমসংক্রান্ত চ্যালেঞ্জ।
- বাস্তব বিশ্বের অধিকাংশ দেশ আজ কোনো না কোনো ধরনের মিশ্র অর্থনীতি অনুসরণ করে, যেখানে বাজার ও রাষ্ট্র—উভয়ের ভূমিকা রয়েছে।
- পুঁজিবাদকে বোঝার জন্য এর সাফল্য ও সীমাবদ্ধতা—উভয় দিকই তথ্য, গবেষণা ও

ইতিহাসের আলোকে বিশ্লেষণ করা প্রয়োজন।

সমাজতন্ত্র (SOCIALISM)

কী, কেন এবং কীভাবে?

"সমাজতন্ত্র কোনো একক মতবাদ নয়; এটি বিভিন্ন ধারার একটি বিস্তৃত রাজনৈতিক ও অর্থনৈতিক চিন্তাধারা।"

বিশ্বের অর্থনৈতিক ইতিহাসে পুঁজিবাদের পাশাপাশি আরেকটি গুরুত্বপূর্ণ ধারণা হলো **সমাজতন্ত্র**। অনেকে মনে করেন সমাজতন্ত্র মানেই রাষ্ট্র সবকিছু চালাবে। আবার কেউ মনে করেন সমাজতন্ত্র মানেই কমিউনিজম। এই দুই ধারণাই অসম্পূর্ণ।

সমাজতন্ত্র হলো এমন একটি অর্থনৈতিক ও রাজনৈতিক চিন্তাধারা, যেখানে সমাজে বৈষম্য কমানো, মৌলিক পরিষেবার প্রাপ্যতা বৃদ্ধি, শ্রমের মর্যাদা এবং সামাজিক ন্যায় প্রতিষ্ঠার ওপর গুরুত্ব দেওয়া হয়। তবে সমাজতন্ত্রের বিভিন্ন ধারা এই লক্ষ্য অর্জনের পদ্ধতি নিয়ে ভিন্ন মত পোষণ করে।

সমাজতন্ত্র কী?

সমাজতন্ত্র (Socialism) এমন একটি ব্যবস্থা বা চিন্তাধারা, যেখানে অর্থনীতিতে বাজারের

পাশাপাশি রাষ্ট্র বা সমাজের ভূমিকা তুলনামূলকভাবে বেশি হতে পারে, বিশেষ করে জনকল্যাণমূলক ক্ষেত্রগুলোতে।

সমাজতন্ত্র সাধারণত নিম্নলিখিত বিষয়গুলোর ওপর জোর দেয়—

- অর্থনৈতিক বৈষম্য কমানো।
- শিক্ষা ও স্বাস্থ্যসেবায় সবার প্রবেশাধিকার।
- শ্রমিকের অধিকার রক্ষা।
- সামাজিক নিরাপত্তা নিশ্চিত করা।
- জনস্বার্থে গুরুত্বপূর্ণ খাতে রাষ্ট্রের ভূমিকা।

সমাজতন্ত্রের মূল লক্ষ্য

সমাজতন্ত্রের প্রধান লক্ষ্যগুলির মধ্যে রয়েছে—

১. সামাজিক ন্যায়

যাতে জন্ম, সম্পদ বা সামাজিক অবস্থানের কারণে মানুষ মৌলিক সুযোগ থেকে বঞ্চিত না হয়।

২. বৈষম্য হ্রাস

অতিরিক্ত সম্পদ কেন্দ্রীভূত হওয়া কমানো এবং সুযোগের বৈষম্য কমানোর চেষ্টা।

৩. শ্রমের মর্যাদা

উৎপাদনে শ্রমের অবদানকে গুরুত্ব দেওয়া এবং শ্রমিকদের ন্যায্য অধিকার নিশ্চিত করার চেষ্টা।

৪. জনকল্যাণ

রাষ্ট্র শিক্ষা, স্বাস্থ্য, পরিবহন, পানীয় জল এবং সামাজিক সুরক্ষার মতো খাতে সক্রিয় ভূমিকা নিতে পারে।

সমাজতন্ত্রের বিভিন্ন ধারা

সমাজতন্ত্র একরকম নয়।

এর মধ্যে রয়েছে—

- গণতান্ত্রিক সমাজতন্ত্র (Democratic Socialism)
- সামাজিক গণতন্ত্র (Social Democracy)
- মার্কসবাদী সমাজতন্ত্র
- ইউটোপিয়ান সমাজতন্ত্র (ঐতিহাসিক ধারা)

এই ধারাগুলির মধ্যে রাষ্ট্রের ভূমিকা, বাজারের ব্যবহার এবং পরিবর্তনের পদ্ধতি নিয়ে পার্থক্য রয়েছে।

সমাজতন্ত্র বনাম পুঁজিবাদ

পুঁজিবাদ	সমাজতন্ত্র
ব্যক্তিগত মালিকানাকে বেশি গুরুত্ব দেয়	জনস্বার্থে রাষ্ট্র বা সামাজিক মালিকানার ভূমিকাকে বেশি গুরুত্ব দিতে পারে
বাজার প্রধান ভূমিকা পালন করে	বাজার ও রাষ্ট্র—উভয়ের ভূমিকা থাকতে পারে
মুনাফা গুরুত্বপূর্ণ প্রেরণা	সামাজিক কল্যাণ ও সমতা গুরুত্বপূর্ণ লক্ষ্য

বাস্তবে অধিকাংশ দেশ এই দুই মডেলের বিভিন্ন উপাদান মিলিয়ে নীতি গ্রহণ করে।

বাস্তবে কি সম্পূর্ণ সমাজতান্ত্রিক দেশ আছে?

ইতিহাসে বিভিন্ন দেশ নিজেদের সমাজতান্ত্রিক হিসেবে পরিচয় দিয়েছে বা সমাজতান্ত্রিক নীতি অনুসরণ করেছে। তবে বাস্তবে অধিকাংশ দেশের অর্থনীতিতে বাজার ও রাষ্ট্র—দুয়েরই ভূমিকা দেখা যায়। অনেক দেশ নিজেদের প্রয়োজন অনুযায়ী ভিন্ন ভিন্ন মডেল গ্রহণ করেছে।

সমাজতন্ত্রের শক্তি

সমর্থকদের মতে সমাজতন্ত্রের কিছু সম্ভাব্য শক্তি হলো—

- শিক্ষা ও স্বাস্থ্যে তুলনামূলক বেশি গুরুত্ব।
- সামাজিক নিরাপত্তা কর্মসূচি।
- আয় ও সুযোগের বৈষম্য কমানোর চেষ্টা।
- শ্রমিকের অধিকার রক্ষায় আইনগত ব্যবস্থা।
- দারিদ্র্য হ্রাসে নীতিগত উদ্যোগ।

সমাজতন্ত্রের সমালোচনা

সমালোচকেরা কয়েকটি প্রশ্ন উত্থাপন করেন—

- অতিরিক্ত রাষ্ট্রীয় নিয়ন্ত্রণ কি উদ্ভাবন কমিয়ে দিতে পারে?
- রাষ্ট্র পরিচালিত প্রতিষ্ঠান সবসময় কি দক্ষ হয়?
- প্রতিযোগিতা কমলে উৎপাদনশীলতার ওপর প্রভাব পড়তে পারে কি?

এসব প্রশ্ন নিয়ে অর্থনীতিবিদ ও রাজনৈতিক চিন্তাবিদদের মধ্যে দীর্ঘদিন ধরে বিতর্ক রয়েছে।

মিশ্র অর্থনীতি: একটি বাস্তবধর্মী পথ

আজ বিশ্বের অধিকাংশ দেশ সম্পূর্ণ পুঁজিবাদ বা সম্পূর্ণ সমাজতন্ত্র অনুসরণ করে না।

অনেক দেশে—

- বেসরকারি শিল্প রয়েছে।
- একই সঙ্গে সরকারি শিক্ষা ও স্বাস্থ্যব্যবস্থা রয়েছে।
- বাজার অর্থনীতি আছে।
- আবার শ্রম আইন, কর ব্যবস্থা এবং সামাজিক সুরক্ষার মাধ্যমে রাষ্ট্রও গুরুত্বপূর্ণ ভূমিকা পালন করে।

এ ধরনের ব্যবস্থাকে সাধারণভাবে **মিশ্র অর্থনীতি** বলা হয়।

সমাজতন্ত্র কি কমিউনিজম?

না।

মার্কসবাদী তত্ত্বে সমাজতন্ত্রকে কমিউনিজমের আগে একটি রূপান্তরকালীন পর্যায় হিসেবে ব্যাখ্যা করা হয়েছে।

অন্যদিকে আধুনিক রাজনীতিতে অনেক সমাজতান্ত্রিক দল কমিউনিজমকে তাদের লক্ষ্য হিসেবে গ্রহণ না করেও গণতান্ত্রিক

কাঠামোর মধ্যে সমাজতান্ত্রিক নীতি অনুসরণ করে।

অর্থাৎ, **সমাজতন্ত্র এবং কমিউনিজম সম্পর্কিত হলেও অভিন্ন নয়।**

- সমাজতন্ত্র একটি বিস্তৃত রাজনৈতিক ও অর্থনৈতিক চিন্তাধারা।
- এর মূল লক্ষ্য সামাজিক ন্যায়, বৈষম্য হ্রাস এবং জনকল্যাণ।
- সমাজতন্ত্রের একাধিক ধারা রয়েছে।
- বাস্তবে অধিকাংশ দেশ বাজার ও রাষ্ট্রের সমন্বয়ে মিশ্র অর্থনীতি পরিচালনা করে।
- সমাজতন্ত্র নিয়ে যেমন সমর্থন রয়েছে, তেমনি এর কার্যকারিতা নিয়ে বিভিন্ন সমালোচনাও রয়েছে।

অধ্যায়– ৫

মার্কস, এঙ্গেলস ও লেনিন

তাঁদের মূল ধারণা সহজ ভাষায়

"কোনো চিন্তাবিদকে বুঝতে হলে তাঁর নাম নয়, তাঁর ধারণাকে বুঝতে হবে।"

ভূমিকা

বামপন্থা, সমাজতন্ত্র বা কমিউনিজম নিয়ে আলোচনা করতে গেলে তিনটি নাম বারবার সামনে আসে—

- Karl Marx
- Friedrich Engels
- Vladimir Lenin

এই তিনজন একই ব্যক্তি নন, একই সময়েরও নন। কিন্তু আধুনিক কমিউনিস্ট আন্দোলনের বৌদ্ধিক ও রাজনৈতিক ভিত্তি গঠনে তাঁদের ভূমিকা অত্যন্ত গুরুত্বপূর্ণ।

মার্কস ও এঙ্গেলস মূলত তত্ত্ব নির্মাণ করেন। লেনিন সেই তত্ত্বকে বাস্তব রাজনীতিতে প্রয়োগের চেষ্টা করেন।

কার্ল মার্কস কে ছিলেন?

মার্কস ছিলেন একজন দার্শনিক, অর্থনীতিবিদ, ইতিহাস বিশ্লেষক এবং রাজনৈতিক চিন্তাবিদ।

তিনি জানতে চেয়েছিলেন—

- কেন সমাজে ধনী ও দরিদ্রের পার্থক্য সৃষ্টি হয়?
- কেন শ্রমিক ও মালিকের স্বার্থ সবসময় এক হয় না?
- কেন ইতিহাসে বড় সামাজিক পরিবর্তন ঘটে?

এই প্রশ্নগুলোর উত্তর খুঁজতে গিয়ে তিনি মার্কসবাদী তত্ত্বের ভিত্তি নির্মাণ করেন।

মার্কসের প্রধান ধারণা

১. ইতিহাস পরিবর্তনশীল

মার্কস মনে করতেন সমাজ চিরকাল একরকম থাকে না।

আদিম সমাজ, দাসপ্রথা, সামন্ততন্ত্র, পুঁজিবাদ—সবই পরিবর্তনের মধ্য দিয়ে এসেছে।

অর্থাৎ—

"যা আছে, তা চিরকাল থাকবে না।"

---

২. শ্রেণি সংগ্রাম

মার্কসের মতে সমাজে বিভিন্ন অর্থনৈতিক শ্রেণির স্বার্থ সবসময় এক নয়।

যেমন—

- জমিদার ও কৃষক
- দাসমালিক ও দাস
- মালিক ও শ্রমিক

এই স্বার্থের সংঘাত ইতিহাসে গুরুত্বপূর্ণ ভূমিকা পালন করেছে।

---

৩. উদ্‌বৃত্ত মূল্য

মার্কসের মতে শ্রমিক উৎপাদনের মাধ্যমে যে মূল্য সৃষ্টি করেন, তার পুরোটা তিনি মজুরি হিসেবে পান না।

এই ধারণা থেকেই উদ্‌বৃত্ত মূল্য তত্ত্বের জন্ম।

---

৪. পুঁজিবাদের বৈপরীত্য

মার্কস মনে করতেন পুঁজিবাদ উৎপাদনশক্তির বিশাল বিকাশ ঘটালেও এর মধ্যে বৈষম্য ও সংকটের সম্ভাবনা রয়েছে।

ফ্রিডরিখ এঙ্গেলস কে ছিলেন?

এঙ্গেলস ছিলেন মার্কসের ঘনিষ্ঠ সহকর্মী, বন্ধু এবং সহলেখক।

মার্কসের বহু গবেষণা ও লেখালেখির কাজে তিনি সহায়তা করেন।

মার্কসের মৃত্যুর পর তাঁর অসমাপ্ত লেখাগুলির সম্পাদনা ও প্রকাশেও এঙ্গেলস গুরুত্বপূর্ণ ভূমিকা পালন করেন।

এঙ্গেলসের প্রধান অবদান

১. মার্কসবাদকে জনপ্রিয় করা

অনেক জটিল তত্ত্বকে সহজ ভাষায় ব্যাখ্যা করেন।

---

২. পরিবার, সমাজ ও রাষ্ট্র বিশ্লেষণ

এঙ্গেলস পরিবার, ব্যক্তিগত সম্পত্তি এবং রাষ্ট্রের উৎপত্তি নিয়ে গবেষণা করেন।

তাঁর মতে সামাজিক প্রতিষ্ঠানগুলিকেও ইতিহাসের আলোকে বুঝতে হবে।

---

৩. বিজ্ঞান ও সমাজ

এঙ্গেলস চেষ্টা করেছিলেন প্রাকৃতিক বিজ্ঞান এবং সমাজবিজ্ঞানের মধ্যে সম্পর্ক ব্যাখ্যা করতে।

মার্কস ও এঙ্গেলসের যৌথ অবদান

১৮৪৮ সালে তাঁরা যৌথভাবে প্রকাশ করেন

The Communist Manifesto

এই গ্রন্থটি আধুনিক কমিউনিস্ট আন্দোলনের অন্যতম গুরুত্বপূর্ণ রাজনৈতিক দলিল হিসেবে পরিচিত।

লেনিন কে ছিলেন?

লেনিন ছিলেন রাশিয়ার একজন বিপ্লবী নেতা ও রাজনৈতিক চিন্তাবিদ।

তিনি মার্কসের তত্ত্বকে বিশ শতকের রাশিয়ার বাস্তব পরিস্থিতিতে প্রয়োগ করার চেষ্টা করেন।

লেনিনের প্রধান ধারণা

১. বিপ্লবী দলের গুরুত্ব

লেনিন মনে করতেন শুধুমাত্র স্বতঃস্ফূর্ত আন্দোলন যথেষ্ট নয়।

রাজনৈতিক শিক্ষা ও সংগঠনের জন্য একটি সুসংগঠিত দল প্রয়োজন।

এই ধারণাকে অনেক সময় "ভ্যানগার্ড পার্টি" (Vanguard Party) বলা হয়।

---

২. সাম্রাজ্যবাদ বিশ্লেষণ

লেনিন যুক্তি দেন যে উন্নত পুঁজিবাদী দেশগুলো অনেক সময় বিশ্বব্যাপী অর্থনৈতিক ও রাজনৈতিক প্রভাব বিস্তার করে।

তিনি এই প্রক্রিয়াকে সাম্রাজ্যবাদের একটি রূপ হিসেবে বিশ্লেষণ করেন।

---

৩. বিপ্লব ও রাষ্ট্র

লেনিন রাষ্ট্র, ক্ষমতা এবং সামাজিক পরিবর্তন সম্পর্কে মার্কসবাদী ধারণাগুলিকে রাজনৈতিক কৌশলের সঙ্গে যুক্ত করেন।

তিনজনের মধ্যে সম্পর্ক

মার্কস

মূল তত্ত্ব নির্মাণ করেন।

এঙ্গেলস

তত্ত্ব বিকাশ, ব্যাখ্যা ও সংগঠনে সাহায্য করেন।

লেনিন

তত্ত্বকে রাজনৈতিক কর্মসূচি ও সংগঠনের বাস্তব রূপ দেওয়ার চেষ্টা করেন।

সহজ উদাহরণ

ধরুন একটি বাড়ি তৈরি হবে।

মার্কস নকশা তৈরি করলেন।

এঙ্গেলস নকশা ব্যাখ্যা করলেন এবং নির্মাণের জন্য প্রয়োজনীয় নির্দেশিকা সাজালেন।

লেনিন সেই নকশা অনুযায়ী বাস্তবে বাড়ি নির্মাণের চেষ্টা করলেন।

অবশ্য বাস্তব ইতিহাস অনেক বেশি জটিল, কিন্তু ধারণাটি বোঝার জন্য এই উদাহরণটি উপকারী।

সমালোচনা ও বিতর্ক

মার্কস, এঙ্গেলস এবং লেনিনের ধারণা বিশ্বজুড়ে ব্যাপক প্রভাব ফেলেছে।

একই সঙ্গে তাঁদের তত্ত্ব ও রাজনৈতিক প্রয়োগ নিয়ে দীর্ঘদিন ধরে বিতর্ক রয়েছে।

সমর্থকেরা বলেন—

- তাঁরা বৈষম্য, শ্রম ও সামাজিক ন্যায়ের প্রশ্নকে নতুনভাবে বিশ্লেষণ করেছেন।

সমালোচকেরা বলেন—

- তাঁদের কিছু পূর্বাভাস বাস্তবে পুরোপুরি সত্য প্রমাণিত হয়নি।
- বিভিন্ন দেশে মার্কসবাদী শাসনব্যবস্থার অভিজ্ঞতা নিয়ে গুরুতর প্রশ্ন রয়েছে।

একজন শিক্ষার্থীর কাজ হলো উভয় দৃষ্টিভঙ্গি অধ্যয়ন করা।

- মার্কস সমাজ, অর্থনীতি ও ইতিহাস বিশ্লেষণের তাত্ত্বিক ভিত্তি নির্মাণ করেন।
- এঙ্গেলস সেই তত্ত্বকে বিকাশ ও জনপ্রিয় করতে গুরুত্বপূর্ণ ভূমিকা পালন করেন।

- লেনিন মার্কসবাদকে রাজনৈতিক সংগঠন ও বিপ্লবী কৌশলের সঙ্গে যুক্ত করেন।
- আধুনিক কমিউনিস্ট আন্দোলনের বৌদ্ধিক ভিত্তি এই তিনজনের চিন্তার ওপর অনেকাংশে দাঁড়িয়ে আছে।
- তাঁদের ধারণা বুঝতে হলে সমর্থন ও সমালোচনা—উভয় দিকই জানা প্রয়োজন।

অধ্যায়- ৬

রাষ্ট্র, সংবিধান, গণতন্ত্র ও নাগরিক অধিকার

একটি তাত্ত্বিক ও বাস্তবভিত্তিক আলোচনা

"রাষ্ট্র জনগণের জন্য; জনগণ রাষ্ট্রের জন্য নয়। রাষ্ট্রের বৈধতা আসে জনগণের সম্মতি, আইনের শাসন এবং নাগরিক অধিকারের প্রতি সম্মান থেকে।"

ভূমিকা

মানুষ একা বাস করে না। পরিবার, সমাজ, গ্রাম, শহর এবং জাতির মধ্যে বসবাস করে। এই বৃহত্তর সমাজকে পরিচালনা করার জন্য প্রয়োজন হয় কিছু নিয়ম, আইন এবং প্রশাসনিক কাঠামোর। সেই প্রয়োজন থেকেই রাষ্ট্রের ধারণার বিকাশ।

রাষ্ট্রকে বোঝা ছাড়া রাজনীতি বোঝা সম্ভব নয়। আবার রাষ্ট্রকে বোঝা ছাড়া সংবিধান, গণতন্ত্র বা নাগরিক অধিকারের প্রকৃত অর্থও বোঝা যায় না।

এই অধ্যায়ে আমরা আলোচনা করব—

- রাষ্ট্র কী?

- রাষ্ট্র কেন সৃষ্টি হয়েছে?
- সংবিধান কী?
- গণতন্ত্র কী?
- নাগরিক অধিকার কী?
- একজন কমিউনিস্ট রাষ্ট্রকে কীভাবে দেখেন?
- আধুনিক গণতান্ত্রিক রাষ্ট্রের ভূমিকা কী?

রাষ্ট্র কী?

রাষ্ট্র (State) হলো একটি রাজনৈতিক সংগঠন, যার নির্দিষ্ট—

- ভূখণ্ড (Territory)
- জনগণ (Population)
- সরকার (Government)
- সার্বভৌম ক্ষমতা (Sovereignty)

থাকে।

অর্থাৎ রাষ্ট্র শুধু সরকার নয়।

সরকার পরিবর্তন হতে পারে।

কিন্তু রাষ্ট্র থেকে যায়।

উদাহরণ

ভারতে বিভিন্ন সময়ে বিভিন্ন রাজনৈতিক দল সরকার গঠন করেছে।

কিন্তু ভারত রাষ্ট্র একই রয়েছে।

অর্থাৎ—

সরকার বদলায়।

রাষ্ট্র থাকে।

রাষ্ট্রের চারটি প্রধান উপাদান

১. নির্দিষ্ট ভূখণ্ড

যে ভৌগোলিক সীমার মধ্যে রাষ্ট্রের আইন কার্যকর হয়।

যেমন—

ভারতের নির্দিষ্ট আন্তর্জাতিক সীমান্ত রয়েছে।

২. জনগণ

জনগণ ছাড়া রাষ্ট্র হতে পারে না।

রাষ্ট্রের সমস্ত ক্ষমতার উৎস শেষ পর্যন্ত জনগণ।

---

৩. সরকার

রাষ্ট্র পরিচালনার প্রশাসনিক ব্যবস্থা।

সরকার আইন প্রয়োগ করে।

কিন্তু সরকার রাষ্ট্র নয়।

---

৪. সার্বভৌমত্ব

রাষ্ট্রের সর্বোচ্চ আইনগত ক্ষমতা।

অন্য কোনো রাষ্ট্র তার অভ্যন্তরীণ সিদ্ধান্ত নিয়ন্ত্রণ করতে পারে না।

রাষ্ট্র কেন সৃষ্টি হয়েছে?

রাষ্ট্রের উৎপত্তি নিয়ে বিভিন্ন মতবাদ রয়েছে।

সামাজিক চুক্তি তত্ত্ব

এই তত্ত্ব অনুযায়ী মানুষ নিরাপত্তা ও শৃঙ্খলার জন্য রাষ্ট্র গঠন করেছে।

উদারনৈতিক দৃষ্টিভঙ্গি

রাষ্ট্রের প্রধান কাজ—

- নাগরিকের অধিকার রক্ষা
- আইনশৃঙ্খলা বজায় রাখা
- বিচার নিশ্চিত করা

মার্কসবাদী দৃষ্টিভঙ্গি

মার্কসবাদ রাষ্ট্রকে একটি ঐতিহাসিক প্রতিষ্ঠান হিসেবে দেখে। এই দৃষ্টিভঙ্গি অনুযায়ী রাষ্ট্র সমাজের অর্থনৈতিক কাঠামো ও শ্রেণিসম্পর্কের সঙ্গে যুক্ত। মার্কস ও এঙ্গেলস যুক্তি দিয়েছিলেন যে শ্রেণিভিত্তিক সমাজে রাষ্ট্র প্রায়ই বিদ্যমান সামাজিক ও অর্থনৈতিক সম্পর্ক রক্ষার ভূমিকা পালন করে। পরবর্তী মার্কসবাদী চিন্তাবিদেরা এই ধারণাকে বিভিন্নভাবে ব্যাখ্যা ও বিকশিত করেছেন।

অন্যদিকে আধুনিক রাষ্ট্রতত্ত্বে রাষ্ট্রকে শুধু একটি শ্রেণির প্রতিষ্ঠান হিসেবে নয়, বরং জনসেবা, অধিকার সুরক্ষা, উন্নয়ন, নিয়ন্ত্রণ এবং গণতান্ত্রিক প্রতিনিধিত্বের বহুমাত্রিক প্রতিষ্ঠান হিসেবেও বিশ্লেষণ করা হয়।

সংবিধান কী?

সংবিধান হলো—

একটি রাষ্ট্রের সর্বোচ্চ আইন।

এখানে নির্ধারণ করা থাকে—

- রাষ্ট্র কীভাবে পরিচালিত হবে।
- সরকারের ক্ষমতা কতটুকু।
- নাগরিকের অধিকার কী।
- আদালতের ক্ষমতা কী।
- আইন কীভাবে তৈরি হবে।

অর্থাৎ—

সংবিধান হলো রাষ্ট্র পরিচালনার মূল নিয়মপুস্তক।

সংবিধানের প্রয়োজন কেন?

যদি সংবিধান না থাকে—

সরকার ইচ্ছামতো আইন করতে পারে।

ক্ষমতার অপব্যবহার হতে পারে।

নাগরিক অধিকার ক্ষুণ্ণ হতে পারে।

তাই সংবিধান রাষ্ট্রক্ষমতার ওপর আইনগত নিয়ন্ত্রণ আরোপ করে।

গণতন্ত্র কী?

গণতন্ত্র শব্দের অর্থ—

জনগণের শাসন।

গণতন্ত্রে—

- জনগণ ভোট দেয়।
- সরকার নির্বাচন হয়।
- সরকার জনগণের কাছে জবাবদিহি করে।
- আদালত স্বাধীনভাবে কাজ করে।
- সংবাদমাধ্যম ও মতপ্রকাশের স্বাধীনতা গুরুত্বপূর্ণ ভূমিকা পালন করে।

গণতন্ত্রের মূল ভিত্তি

১. অবাধ ও সুষ্ঠু নির্বাচন

২. আইনের শাসন

আইন সবার জন্য সমানভাবে প্রযোজ্য হওয়া উচিত।

৩. স্বাধীন বিচারব্যবস্থা

বিচার বিভাগ সরকারের অন্য শাখা থেকে স্বাধীনভাবে কাজ করার চেষ্টা করে।

৪. মতপ্রকাশের স্বাধীনতা

মানুষ নিজের মত প্রকাশ করতে পারে, তবে আইনসঙ্গত সীমাবদ্ধতা থাকতে পারে।

৫. বিরোধী মতের অধিকার

গণতন্ত্রে বিরোধী মতের অস্তিত্ব স্বীকৃত।

নাগরিক অধিকার কী?

নাগরিক অধিকার হলো সেই অধিকারগুলি, যা একজন নাগরিককে আইন ও সংবিধান প্রদান করে।

ভারতের সংবিধানে মৌলিক অধিকারের মধ্যে রয়েছে—

১. সমতার অধিকার

আইনের চোখে সকল নাগরিক সমান।

২. স্বাধীনতার অধিকার

নির্দিষ্ট সাংবিধানিক সীমার মধ্যে মতপ্রকাশ, চলাফেরা, সংগঠন গঠনসহ বিভিন্ন স্বাধীনতা।

৩. শোষণের বিরুদ্ধে অধিকার

জোরপূর্বক শ্রম ও মানবপাচারের বিরুদ্ধে সুরক্ষা।

৪. ধর্মীয় স্বাধীনতার অধিকার

নিজের ধর্ম পালন, প্রচার ও অনুসরণের অধিকার (সংবিধানসম্মত সীমার মধ্যে)।

৫. সাংস্কৃতিক ও শিক্ষাগত অধিকার

বিশেষত ভাষাগত ও সাংস্কৃতিক সংখ্যালঘুদের অধিকার রক্ষা।

৬. সাংবিধানিক প্রতিকারের অধিকার

অধিকার লঙ্ঘিত হলে আদালতের শরণাপন্ন হওয়ার সুযোগ।

অধিকার ও কর্তব্য

গণতন্ত্রে অধিকার যেমন গুরুত্বপূর্ণ, তেমনি নাগরিক কর্তব্যও গুরুত্বপূর্ণ।

যেমন—

- সংবিধানকে সম্মান করা।
- আইন মেনে চলা।
- অন্যের অধিকারকে সম্মান করা।
- গণতান্ত্রিক প্রক্রিয়ায় অংশগ্রহণ করা।
- জনসম্পদ রক্ষা করা।

একজন কমিউনিস্ট রাষ্ট্রকে কীভাবে দেখেন?

মার্কসবাদী চিন্তাধারায় রাষ্ট্রকে শ্রেণিসমাজের সঙ্গে সম্পর্কিত একটি ঐতিহাসিক প্রতিষ্ঠান হিসেবে বিশ্লেষণ করা হয়। এই দৃষ্টিভঙ্গিতে অর্থনৈতিক কাঠামো ও

ক্ষমতার সম্পর্ক রাষ্ট্রের ভূমিকা বোঝার ক্ষেত্রে গুরুত্বপূর্ণ।

তবে আধুনিক বহু কমিউনিস্ট ও বামপন্থী দল গণতান্ত্রিক সংবিধান, নির্বাচন, নাগরিক অধিকার এবং সাংবিধানিক কাঠামোর মধ্যেই রাজনৈতিক কর্মকাণ্ড পরিচালনা করে। বাস্তবে বিভিন্ন দেশের বামপন্থী দলগুলির রাষ্ট্র ও গণতন্ত্র সম্পর্কে অবস্থান এক নয়।

আধুনিক কল্যাণমূলক রাষ্ট্র

আজকের বহু গণতান্ত্রিক রাষ্ট্র শুধু আইনশৃঙ্খলা রক্ষা করে না।

তারা—

- শিক্ষা
- স্বাস্থ্য
- সামাজিক নিরাপত্তা
- পরিবেশ রক্ষা
- দারিদ্র্য বিমোচন
- অবকাঠামো উন্নয়ন

ইত্যাদি ক্ষেত্রেও গুরুত্বপূর্ণ ভূমিকা পালন করে।

• রাষ্ট্র হলো ভূখণ্ড, জনগণ, সরকার ও সার্বভৌমত্ব নিয়ে গঠিত একটি রাজনৈতিক প্রতিষ্ঠান।

- সরকার ও রাষ্ট্র এক নয়।
- সংবিধান রাষ্ট্রের সর্বোচ্চ আইন এবং রাষ্ট্রক্ষমতার সীমা নির্ধারণ করে।
- গণতন্ত্র জনগণের অংশগ্রহণ, আইনের শাসন, জবাবদিহি ও অধিকার সুরক্ষার ওপর ভিত্তি করে।
- নাগরিক অধিকার গণতান্ত্রিক রাষ্ট্রের মৌলিক ভিত্তি।
- রাষ্ট্র সম্পর্কে মার্কসবাদ, উদারনীতি এবং আধুনিক রাষ্ট্রতত্ত্বের ব্যাখ্যা ভিন্ন হতে পারে; তাই বিষয়টি বহুমাত্রিকভাবে অধ্যয়ন করা জরুরি।

অধ্যায়– ৭

একজন কমিউনিস্ট কেমন হবেন?

আদর্শ, চরিত্র, নৈতিকতা ও জীবনদর্শন

"কমিউনিস্ট হওয়া শুধু একটি রাজনৈতিক পরিচয় নয়; এটি একটি নৈতিক, বৌদ্ধিক এবং সামাজিক দায়িত্ব।"

ভূমিকা

অনেকেই মনে করেন, কোনো রাজনৈতিক দলের সদস্য হলেই তিনি কমিউনিস্ট হয়ে যান।

মার্কসবাদী ঐতিহ্যে বিষয়টি এত সরল নয়।

একজন মানুষ কমিউনিস্ট হতে চাইলে শুধু একটি দলের সদস্য হওয়া যথেষ্ট নয়; তাঁকে সমাজ, ইতিহাস, অর্থনীতি, দর্শন ও মানুষের জীবন সম্পর্কে ধারাবাহিকভাবে শিখতে হয়। একই সঙ্গে তাঁর ব্যক্তিগত চরিত্র, আচরণ, নৈতিকতা এবং জনজীবনের প্রতি দায়বদ্ধতাও গুরুত্বপূর্ণ।

এই অধ্যায়ে আলোচনা করা হবে— মার্কসবাদী ঐতিহ্যে একজন আদর্শ কমিউনিস্টের মধ্যে কী কী গুণ প্রত্যাশিত।

---

১. সারাজীবনের শিক্ষার্থী হতে হবে

একজন কমিউনিস্ট কখনো মনে করবেন না যে তিনি সব জেনে গেছেন।

বরং তিনি নিয়মিত পড়বেন—

- ইতিহাস
- অর্থনীতি
- দর্শন
- বিজ্ঞান
- সাহিত্য
- সংবিধান
- শ্রম আইন
- সমাজবিজ্ঞান

পড়াশোনা ছাড়া রাজনৈতিক সচেতনতা গভীর হয় না।

---

২. মানুষের কাছ থেকে শিখতে হবে

শুধু বই নয়।

শিখতে হবে—

- কৃষকের কাছ থেকে।
- শ্রমিকের কাছ থেকে।
- শিক্ষক, চিকিৎসক, কারিগর, ক্ষুদ্র ব্যবসায়ী—সবাইয়ের কাছ থেকে।

- নারীদের, দলিতদের, আদিবাসীদের, সংখ্যালঘুদের এবং সমাজের বিভিন্ন অভিজ্ঞতার মানুষের কাছ থেকেও।

বাস্তব জীবন রাজনৈতিক শিক্ষার গুরুত্বপূর্ণ উৎস।

---

৩. সত্যকে গুরুত্ব দিতে হবে

কোনো মতাদর্শের প্রতি সমর্থন থাকলেও তথ্য বিকৃত করা বা গুজব ছড়ানো একজন দায়িত্বশীল রাজনৈতিক কর্মীর কাজ নয়।

তথ্য যাচাই, যুক্তি এবং প্রমাণের ভিত্তিতে মত গঠন করা উচিত।

---

৪. সমালোচনা গ্রহণের মানসিকতা

মার্কসবাদী ঐতিহ্যে আত্মসমালোচনা ও সমালোচনার চর্চার কথা বলা হয়েছে।

ভুল হলে তা স্বীকার করা এবং সংশোধনের চেষ্টা করা একজন পরিণত রাজনৈতিক কর্মীর বৈশিষ্ট্য।

---

৫. মানুষের মর্যাদাকে সর্বাগ্রে রাখা

একজন কমিউনিস্টের কাছে মানুষের মর্যাদা সর্বোচ্চ মূল্যবোধগুলির একটি।

ধর্ম, ভাষা, জাত, লিঙ্গ, অঞ্চল বা আর্থিক অবস্থার ভিত্তিতে বৈষম্য না করে সকল মানুষের প্রতি সম্মান দেখানো গুরুত্বপূর্ণ।

---

৬. শৃঙ্খলা

শৃঙ্খলা মানে অন্ধ আনুগত্য নয়।

বরং—

- সময়ানুবর্তিতা
- দায়িত্ব পালন
- সংগঠনের সিদ্ধান্তকে গণতান্ত্রিক আলোচনার মাধ্যমে মেনে চলা
- জনসম্পদের সঠিক ব্যবহার

এসবই শৃঙ্খলার অংশ।

---

৭. ব্যক্তিস্বার্থের ঊর্ধ্বে জনস্বার্থ

একজন কমিউনিস্টের কাছে রাজনীতি ব্যক্তিগত লাভের উপায় নয়।

ব্যক্তিগত উন্নতি গুরুত্বপূর্ণ হলেও জনস্বার্থকে অগ্রাধিকার দেওয়ার নৈতিক আদর্শকে গুরুত্ব দেওয়া হয়।

---

৮. দুর্নীতির বিরোধিতা

ঘুষ, স্বজনপ্রীতি, ক্ষমতার অপব্যবহার বা সরকারি সম্পদের অপচয়—এসবের

বিরোধিতা করা একজন জনমুখী রাজনৈতিক কর্মীর নৈতিক দায়িত্ব।

---

৯. নারী-পুরুষ সমতা

সমাজে নারী ও পুরুষের সমান অধিকার, সমান মর্যাদা এবং সমান সুযোগ নিশ্চিত করার প্রচেষ্টা বামপন্থী রাজনৈতিক ধারার একটি গুরুত্বপূর্ণ মূল্যবোধ।

---

১০. বিজ্ঞানমনস্কতা

কুসংস্কারের পরিবর্তে যুক্তি, পর্যবেক্ষণ, গবেষণা এবং বৈজ্ঞানিক মানসিকতাকে গুরুত্ব দেওয়া প্রয়োজন।

নতুন তথ্য পাওয়া গেলে নিজের মত সংশোধনের প্রস্তুতিও বিজ্ঞানমনস্কতার অংশ।

---

১১. গণতান্ত্রিক আচরণ

গণতান্ত্রিক সংস্কৃতি শুধু নির্বাচনে সীমাবদ্ধ নয়।

এটি প্রকাশ পায়—

- ভিন্নমতকে সম্মান করা।
- যুক্তির মাধ্যমে আলোচনা করা।
- সহিংসতার পরিবর্তে সংলাপকে অগ্রাধিকার দেওয়া।

- সংগঠনের ভেতরে মতবিনিময়কে উৎসাহ দেওয়া।

---

১২. পরিবেশের প্রতি দায়িত্ব

আধুনিক বামপন্থী চিন্তায় পরিবেশ, জলবায়ু পরিবর্তন এবং টেকসই উন্নয়নের প্রশ্নও গুরুত্বপূর্ণ।

প্রকৃতি ও মানুষের সম্পর্ককে ভারসাম্যপূর্ণ রাখা ভবিষ্যৎ সমাজের জন্য অপরিহার্য।

একজন কমিউনিস্টের দৈনন্দিন অভ্যাস

একজন সচেতন রাজনৈতিক কর্মী প্রতিদিন চেষ্টা করতে পারেন—

- অন্তত ৩০–৬০ মিনিট পড়াশোনা করতে।
- সংবাদ একাধিক উৎস থেকে পড়তে।
- মানুষের সঙ্গে কথা বলতে এবং তাঁদের অভিজ্ঞতা শুনতে।
- নিজের কাজ ও বক্তব্য পর্যালোচনা করতে।
- সমাজের কোনো একটি বাস্তব সমস্যা সম্পর্কে তথ্য সংগ্রহ করতে।

যেসব ভুল এড়ানো উচিত

- ব্যক্তিপূজা।
- গুজব প্রচার।
- অন্ধ দলীয় আনুগত্য।
- ভিন্নমতকে শত্রু মনে করা।
- না পড়ে মতামত দেওয়া।
- ক্ষমতার অপব্যবহার।
- অসহিষ্ণু আচরণ।

একজন কমিউনিস্ট হওয়া শুধু একটি রাজনৈতিক পরিচয় গ্রহণ করা নয়; এটি একটি দীর্ঘ শিক্ষার, আত্মশৃঙ্খলার এবং সামাজিক দায়বদ্ধতার পথ।

একজন প্রকৃত কমিউনিস্টের শক্তি শুধু তাঁর স্লোগানে নয়, তাঁর জ্ঞান, সততা, মানবিকতা, যুক্তিবোধ, সাংগঠনিক দক্ষতা এবং মানুষের আস্থায় প্রকাশ পায়।

অধ্যায়– ৮

শ্রমিক, কৃষক, মধ্যবিত্ত ও অসংগঠিত শ্রমজীবী মানুষের বাস্তবতা

সমাজ, অর্থনীতি ও শ্রেণি-সম্পর্কের একটি বিশ্লেষণ

"একটি সমাজকে বুঝতে হলে শুধু তার ধনীদের নয়, যারা শ্রম দিয়ে সমাজকে সচল রাখেন, তাঁদের জীবনও বুঝতে হবে।"

ভূমিকা

একটি দেশ কারা গড়ে?

শুধু প্রধানমন্ত্রী, মুখ্যমন্ত্রী, শিল্পপতি, বড় ব্যবসায়ী বা আমলারা নন।

একটি দেশের অর্থনীতির প্রকৃত ভিত্তি গড়ে তোলেন—

- কৃষক
- শ্রমিক
- ক্ষুদ্র ব্যবসায়ী
- শিক্ষক
- চিকিৎসক
- নির্মাণ শ্রমিক
- রেলকর্মী

- পরিচ্ছন্নতা কর্মী
- পরিবহন শ্রমিক
- গৃহশ্রমিক
- ক্ষুদ্র উদ্যোক্তা
- অসংগঠিত ক্ষেত্রের কোটি কোটি শ্রমজীবী মানুষ

তাঁদের শ্রম ছাড়া কোনো সমাজ একদিনও সচল থাকতে পারে না।

মার্কসবাদ সমাজকে বুঝতে এই মানুষগুলির অর্থনৈতিক অবস্থান ও জীবনযাত্রাকে বিশেষ গুরুত্ব দেয়। একই সঙ্গে আধুনিক সমাজবিজ্ঞানও দেখায় যে মানুষের জীবনকে শুধু অর্থনৈতিক শ্রেণি দিয়ে নয়, শিক্ষা, লিঙ্গ, অঞ্চল, সামাজিক পরিচয়, প্রযুক্তি এবং রাষ্ট্রের নীতির মতো উপাদান দিয়েও বিশ্লেষণ করতে হয়।

শ্রমিক কারা?

শ্রমিক বলতে সাধারণভাবে সেইসব মানুষকে বোঝায়, যারা মূলত নিজের শ্রমের বিনিময়ে জীবিকা অর্জন করেন।

তাঁরা হতে পারেন—

- কারখানার শ্রমিক
- নির্মাণ শ্রমিক
- রেলওয়ে কর্মী
- খনি শ্রমিক

- বন্দর শ্রমিক
- বিদ্যুৎ কর্মী
- গুদাম কর্মী
- ডেলিভারি কর্মী
- নিরাপত্তাকর্মী
- পরিচ্ছন্নতা কর্মী

অনেক শ্রমিক সংগঠিত খাতে কাজ করেন, আবার অনেকেই অসংগঠিত খাতে কর্মরত।

শ্রমিকদের প্রধান বাস্তব সমস্যা

১. আয়ের অনিশ্চয়তা

অনেক শ্রমিক মাসিক বেতনের পরিবর্তে দৈনিক বা চুক্তিভিত্তিক মজুরিতে কাজ করেন। কাজ না থাকলে আয়ও থাকে না।

২. মূল্যবৃদ্ধি

খাদ্য, বাসস্থান, স্বাস্থ্য, শিক্ষা ও যাতায়াতের ব্যয় বাড়লে শ্রমিক পরিবারের ওপর চাপ সৃষ্টি হয়।

৩. নিরাপত্তাহীন কর্মপরিবেশ

কিছু ক্ষেত্রে নিরাপত্তা সরঞ্জামের অভাব, দীর্ঘ কর্মঘণ্টা বা ঝুঁকিপূর্ণ পরিবেশে কাজ করতে হয়।

৪. সামাজিক সুরক্ষা

অসংগঠিত শ্রমিকদের অনেকেরই পেনশন, স্বাস্থ্যবিমা, ভবিষ্যনিধি বা বেতনসহ ছুটির মতো সুবিধা সীমিত।

কৃষক কারা?

কৃষক শুধু জমির মালিক নন।

কৃষিক্ষেত্রে বিভিন্ন ধরনের মানুষ যুক্ত থাকতে পারেন—

- ক্ষুদ্র কৃষক
- প্রান্তিক কৃষক
- মাঝারি কৃষক
- বৃহৎ কৃষক
- ভাগচাষি
- কৃষিশ্রমিক

তাঁদের অর্থনৈতিক অবস্থা এক নয়।

কৃষকদের প্রধান বাস্তব সমস্যা

১. উৎপাদন ব্যয় বৃদ্ধি

বীজ, সার, কীটনাশক, সেচ, জ্বালানি ও কৃষিযন্ত্রের খরচ বৃদ্ধি কৃষির লাভজনকতাকে প্রভাবিত করতে পারে।

---

২. বাজারের অনিশ্চয়তা

ফসলের দাম সব সময় স্থিতিশীল থাকে না।

ফলে কখনও কৃষক উৎপাদন খরচ তুলতে সমস্যায় পড়েন।

---

৩. প্রাকৃতিক ঝুঁকি

বন্যা

খরা

ঘূর্ণিঝড়

শিলাবৃষ্টি

রোগ-পোকামাকড়

এসবের কারণে কৃষি বড় ঝুঁকির মুখে পড়তে পারে।

---

৪. ঋণের চাপ

সব কৃষক সহজ শর্তে ঋণ পান না।

অনেক সময় মূলধনের অভাবে উৎপাদন ব্যাহত হয়।

মধ্যবিত্ত কারা?

মধ্যবিত্ত একটি বৈচিত্র্যময় সামাজিক গোষ্ঠী।

এদের মধ্যে থাকতে পারেন—

- শিক্ষক
- সরকারি কর্মচারী
- বেসরকারি চাকরিজীবী

- ছোট ব্যবসায়ী
- প্রকৌশলী
- চিকিৎসক
- আইনজীবী
- ব্যাংক কর্মী
- তথ্যপ্রযুক্তি পেশাজীবী

সব মধ্যবিত্তের আয় বা জীবনযাত্রা এক নয়।

মধ্যবিত্তের প্রধান সমস্যা

কর্মসংস্থানের অনিশ্চয়তা

বিশেষত বেসরকারি খাতে চাকরির নিরাপত্তা সব সময় সমান নয়।

শিক্ষার ব্যয়

উচ্চশিক্ষা ও দক্ষতা উন্নয়নের খরচ অনেক পরিবারের জন্য বড় চাপ হতে পারে।

স্বাস্থ্যব্যয়

গুরুতর অসুস্থতার চিকিৎসা অনেক সময় সঞ্চয়ের ওপর প্রভাব ফেলে।

ঋণের বোঝা

বাড়ি, গাড়ি বা শিক্ষাঋণের কিস্তি দীর্ঘমেয়াদি আর্থিক চাপ সৃষ্টি করতে পারে।

অসংগঠিত শ্রমজীবী মানুষ কারা?

অসংগঠিত খাতের শ্রমিকরা সাধারণত এমন কাজে যুক্ত থাকেন যেখানে আনুষ্ঠানিক নিয়োগ, নিয়মিত বেতন বা পূর্ণ সামাজিক সুরক্ষা থাকে না।

উদাহরণ—

- রিকশাচালক
- পথবিক্রেতা
- গৃহশ্রমিক
- নির্মাণ শ্রমিক
- হকার
- ডেলিভারি কর্মী
- অস্থায়ী কৃষিশ্রমিক
- ছোট কারখানার কর্মী

ভারতে মোট কর্মসংস্থানের বড় একটি অংশ অসংগঠিত খাতে রয়েছে।

তাঁদের প্রধান সমস্যা

- নিয়মিত আয়ের অভাব
- দুর্ঘটনা বা অসুস্থতায় আয়ের উৎস বন্ধ হয়ে যাওয়া
- সামাজিক সুরক্ষার সীমিত সুযোগ
- দক্ষতা উন্নয়নের সুযোগের অভাব
- শ্রম আইন বাস্তবায়নের সীমাবদ্ধতা (অনেক ক্ষেত্রে)

সমাজে এই চারটি গোষ্ঠীর সম্পর্ক

একটি অর্থনীতিতে শ্রমিক, কৃষক, মধ্যবিত্ত ও উদ্যোক্তা—সবাই পরস্পরের ওপর নির্ভরশীল।

উদাহরণস্বরূপ—

- কৃষক খাদ্য উৎপাদন করেন।
- শ্রমিক শিল্পে উৎপাদন করেন।
- মধ্যবিত্তের একটি অংশ শিক্ষা, স্বাস্থ্য, প্রশাসন ও পরিষেবা খাতে কাজ করেন।
- ব্যবসায়ী ও উদ্যোক্তারা উৎপাদন, বিনিয়োগ ও বাজার পরিচালনায় ভূমিকা রাখেন।

অর্থাৎ, একটি সুস্থ অর্থনীতি পারস্পরিক সহযোগিতা, ন্যায্য নীতি এবং উৎপাদনশীলতার ওপর নির্ভর করে।

মার্কসবাদ এই বাস্তবতাকে কীভাবে দেখে?

মার্কসবাদ শ্রম, উৎপাদনের উপায়ের মালিকানা এবং শ্রেণিসম্পর্ককে বিশেষ গুরুত্ব দিয়ে সমাজ বিশ্লেষণ করে।

এই দৃষ্টিভঙ্গি অনুযায়ী—

- শ্রমিকের অধিকার,
- কৃষকের ন্যায্য প্রাপ্য,

- বৈষম্য,
- সম্পদের বণ্টন,
- উৎপাদনের সম্পর্ক

এসব বিষয় রাজনৈতিক অর্থনীতির কেন্দ্রীয় প্রশ্ন।

তবে সমসাময়িক গবেষণায় এ-ও গুরুত্ব দেওয়া হয় যে শিক্ষা, প্রযুক্তি, বিশ্বায়ন, রাষ্ট্রের নীতি, পরিবেশ এবং সামাজিক পরিচয়ও মানুষের অর্থনৈতিক বাস্তবতাকে গভীরভাবে প্রভাবিত করে।

ভবিষ্যতের চ্যালেঞ্জ

আগামী দিনে এই চারটি গোষ্ঠীর সামনে নতুন চ্যালেঞ্জ তৈরি হচ্ছে—

- কৃত্রিম বুদ্ধিমত্তা (AI)
- অটোমেশন
- জলবায়ু পরিবর্তন
- ডিজিটাল অর্থনীতি
- প্ল্যাটফর্মভিত্তিক কাজ (Gig Economy)
- দক্ষতার দ্রুত পরিবর্তন

এসব পরিবর্তনের সঙ্গে খাপ খাইয়ে নেওয়ার জন্য শিক্ষা, পুনঃদক্ষতা (Reskilling), সামাজিক সুরক্ষা এবং ন্যায্য অর্থনৈতিক নীতি গুরুত্বপূর্ণ হয়ে উঠছে।

একটি দেশের উন্নয়ন কেবল জিডিপি বৃদ্ধির মাধ্যমে বিচার করা যায় না। প্রকৃত উন্নয়ন তখনই অর্থবহ, যখন শ্রমিক, কৃষক, মধ্যবিত্ত, অসংগঠিত শ্রমজীবী মানুষ এবং অন্যান্য সামাজিক গোষ্ঠী মর্যাদাপূর্ণ জীবন, ন্যায্য সুযোগ এবং উন্নয়নের সুফল লাভ করতে পারেন।

এই কারণেই সমাজ ও অর্থনীতি বিশ্লেষণে বিভিন্ন গোষ্ঠীর বাস্তব জীবন, অভিজ্ঞতা এবং সমস্যাকে গুরুত্ব দেওয়া প্রয়োজন।

অধ্যায়ের সারসংক্ষেপ

- শ্রমিক, কৃষক, মধ্যবিত্ত ও অসংগঠিত শ্রমজীবী মানুষ অর্থনীতির গুরুত্বপূর্ণ অংশ।
- প্রত্যেক গোষ্ঠীর সমস্যা ও চ্যালেঞ্জ আলাদা হলেও অনেক ক্ষেত্রে তারা একে অপরের সঙ্গে সম্পর্কিত।
- মার্কসবাদ এই বাস্তবতাকে মূলত শ্রেণি ও উৎপাদন সম্পর্কের আলোকে বিশ্লেষণ করে।
- আধুনিক সমাজবিজ্ঞান ও অর্থনীতি আরও বহু উপাদান—যেমন শিক্ষা, প্রযুক্তি, পরিবেশ ও নীতিকে—সমান গুরুত্ব দেয়।

- অন্তর্ভুক্তিমূলক উন্নয়নের জন্য সব গোষ্ঠীর ন্যায্য সুযোগ ও সামাজিক সুরক্ষা নিশ্চিত করা গুরুত্বপূর্ণ।

অধ্যায়- ৯

ভারত ও বাংলার বামপন্থী আন্দোলনের ইতিহাস

স্বাধীনতা সংগ্রাম থেকে বর্তমান সময়

"ইতিহাস শুধু অতীতের গল্প নয়; বর্তমানকে বোঝার এবং ভবিষ্যৎ নির্মাণেরও ভিত্তি।"

ভূমিকা

ভারতে বামপন্থী আন্দোলনের ইতিহাস প্রায় এক শতাব্দীর। এটি কেবল একটি রাজনৈতিক দলের ইতিহাস নয়; বরং শ্রমিক আন্দোলন, কৃষক আন্দোলন, ছাত্র-যুব আন্দোলন, নারী আন্দোলন, সাহিত্য-সংস্কৃতি এবং গণতান্ত্রিক অধিকার রক্ষার নানা সংগ্রামের সঙ্গে জড়িত একটি বৃহৎ ঐতিহাসিক ধারা।

বাংলায় এই আন্দোলন আরও গভীর প্রভাব ফেলেছে। ভূমি সংস্কার, পঞ্চায়েত ব্যবস্থা, শ্রমিক সংগঠন, শিক্ষা ও সাংস্কৃতিক আন্দোলনের সঙ্গে বামপন্থী রাজনীতির দীর্ঘ সম্পর্ক রয়েছে।

প্রথম অধ্যায়: রুশ বিপ্লবের প্রভাব (১৯১৭)

১৯১৭ সালের রুশ বিপ্লব বিশ্বের রাজনীতিতে একটি বড় পরিবর্তন আনে।

প্রথমবারের মতো একটি দেশ মার্কসবাদী আদর্শের ভিত্তিতে নতুন রাষ্ট্রব্যবস্থা গঠনের চেষ্টা করে।

এই ঘটনা ভারতীয় স্বাধীনতা সংগ্রামের কিছু অংশ, শ্রমিক সংগঠন এবং ছাত্রসমাজের ওপরও প্রভাব ফেলে।

অনেক ভারতীয় তরুণ সমাজতন্ত্র ও মার্কসবাদের সাহিত্য পড়তে শুরু করেন।

দ্বিতীয় অধ্যায়: ভারতের কমিউনিস্ট আন্দোলনের সূচনা

১৯২০-এর দশকে ভারতের বিভিন্ন অঞ্চলে কমিউনিস্ট গোষ্ঠীগুলি সংগঠিত হতে শুরু করে।

১৯২৫ সালে ভারতের কমিউনিস্ট পার্টি প্রতিষ্ঠিত হয়।

প্রাথমিক কাজ ছিল—

- শ্রমিক সংগঠন গড়ে তোলা।
- কৃষকদের সংগঠিত করা।
- ঔপনিবেশিক শাসনের বিরোধিতা।

- সমাজতান্ত্রিক চিন্তার প্রসার।

শ্রমিক আন্দোলনের উত্থান

কলকাতা, বোম্বে (বর্তমান মুম্বই), কানপুর, মাদ্রাজ (বর্তমান চেন্নাই) প্রভৃতি শিল্পাঞ্চলে শ্রমিক সংগঠন গড়ে ওঠে।

প্রধান দাবিগুলি ছিল—

- ৮ ঘণ্টা কাজ।
- ন্যায্য মজুরি।
- নিরাপদ কর্মপরিবেশ।
- ট্রেড ইউনিয়নের অধিকার।

এই আন্দোলনগুলির ফলে পরবর্তী সময়ে ভারতের শ্রম আইনের বিকাশে প্রভাব পড়ে।

বাংলার কৃষক আন্দোলন

বাংলায় কৃষকদের দীর্ঘদিনের সমস্যা ছিল—

- উচ্চ খাজনা।
- ভাগচাষের বৈষম্য।
- জমির অধিকার।
- ঋণের বোঝা।

এই বাস্তবতা থেকে বিভিন্ন কৃষক আন্দোলনের জন্ম হয়।

তেভাগা আন্দোলন (১৯৪৬–৪৭)

বাংলার কৃষক আন্দোলনের অন্যতম গুরুত্বপূর্ণ অধ্যায় হলো **তেভাগা আন্দোলন**।

তখন অনেক ভাগচাষিকে উৎপাদিত ফসলের বড় অংশ জমির মালিককে দিতে হতো।

তেভাগা আন্দোলনের দাবি ছিল—

ভাগচাষিরা উৎপাদিত ফসলের **তিন ভাগের দুই ভাগ (তেভাগা)** নিজেরা রাখবেন এবং এক ভাগ জমির মালিক পাবেন।

এই আন্দোলনে বহু কৃষক, নারী এবং গ্রামীণ সংগঠক অংশগ্রহণ করেন।

যদিও সব দাবি তখনই বাস্তবায়িত হয়নি, তবুও এটি ভূমি-প্রশ্নে পরবর্তী সংস্কারের ক্ষেত্রে গুরুত্বপূর্ণ প্রভাব ফেলে।

স্বাধীনতার পর নতুন বাস্তবতা

১৯৪৭ সালে স্বাধীনতার পর ভারতের কমিউনিস্ট আন্দোলনের সামনে নতুন প্রশ্ন আসে—

গণতান্ত্রিক নির্বাচনের মাধ্যমে পরিবর্তন আনা হবে, নাকি অন্য রাজনৈতিক কৌশল গ্রহণ করা হবে?

এই প্রশ্নে দলের ভেতরে মতভেদ দেখা দেয়।

১৯৬৪ সালের বিভাজন

১৯৬৪ সালে মতাদর্শ, আন্তর্জাতিক কমিউনিস্ট আন্দোলনের প্রভাব এবং রাজনৈতিক কৌশল নিয়ে মতপার্থক্যের ফলে কমিউনিস্ট আন্দোলনে বড় বিভাজন ঘটে।

এর ফলে দুটি প্রধান দল গড়ে ওঠে—

- Communist Party of India (CPI)
- Communist Party of India (Marxist) (CPI(M))

নকশালবাড়ি আন্দোলন (১৯৬৭)

পশ্চিমবঙ্গের Naxalbari অঞ্চলে কৃষকদের জমি ও গ্রামীণ ক্ষমতার প্রশ্নকে কেন্দ্র করে একটি আন্দোলন শুরু হয়।

এই আন্দোলন থেকে ভারতের মার্কসবাদী-লেনিনবাদী ধারার বিভিন্ন সংগঠনের বিকাশ ঘটে।

এই ধারার মধ্যে সময়ের সঙ্গে সঙ্গে বিভিন্ন রাজনৈতিক কৌশল ও মতভেদও তৈরি হয়েছে।

পশ্চিমবঙ্গে বামফ্রন্ট সরকার (১৯৭৭–২০১১)

১৯৭৭ সালে পশ্চিমবঙ্গে Left Front সরকার ক্ষমতায় আসে এবং ২০১১ সাল পর্যন্ত টানা ৩৪ বছর ক্ষমতায় ছিল।

এই সময়ের বহুল আলোচিত উদ্যোগগুলির মধ্যে রয়েছে—

অপারেশন বর্গা

ভাগচাষিদের অধিকার নথিভুক্ত করার কর্মসূচি, যাতে তাঁদের চাষের অধিকার সুরক্ষিত হয়।

ভূমি সংস্কার

ভূমির সিলিং আইনের আওতায় উদ্‌বৃত্ত জমি ভূমিহীনদের মধ্যে বণ্টনের উদ্যোগ নেওয়া হয়।

পঞ্চায়েত ব্যবস্থা

ত্রিস্তর পঞ্চায়েত ব্যবস্থাকে শক্তিশালী করার মাধ্যমে গ্রামীণ বিকেন্দ্রীকরণে গুরুত্ব দেওয়া হয়।

সমর্থকদের মতে, এই নীতিগুলি গ্রামীণ ক্ষমতায়ন ও কৃষি উৎপাদনে ইতিবাচক প্রভাব ফেলেছিল।

সমালোচকেরা বলেন, শিল্পায়নের গতি, কর্মসংস্থান, প্রশাসনিক দক্ষতা এবং দলীয় প্রভাবের মতো ক্ষেত্রে সীমাবদ্ধতা ছিল। বিশেষ করে Singur ও Nandigram-এর ঘটনাগুলি নিয়ে দীর্ঘ রাজনৈতিক বিতর্ক হয়েছে।

কেরালা: একটি ভিন্ন অভিজ্ঞতা

Kerala-তে বামপন্থী সরকার বিভিন্ন সময়ে নির্বাচনের মাধ্যমে ক্ষমতায় এসেছে।

শিক্ষা, স্বাস্থ্য, বিকেন্দ্রীকরণ এবং মানব উন্নয়নের সূচকে কেরালার অভিজ্ঞতা আন্তর্জাতিক গবেষণায়ও আলোচিত হয়েছে। একই সঙ্গে কর্মসংস্থান, আর্থিক ঘাটতি এবং শিল্প বিনিয়োগ নিয়ে বিতর্কও রয়েছে।

ত্রিপুরা

Tripura-তে দীর্ঘ সময় বামপন্থী সরকার ছিল।

সাক্ষরতা বৃদ্ধি, স্থানীয় প্রশাসন এবং কিছু সামাজিক উন্নয়নমূলক উদ্যোগের প্রশংসা হয়েছে। পাশাপাশি শিল্পোন্নয়ন ও কর্মসংস্থান নিয়ে সমালোচনাও করা হয়েছে।

বর্তমান সময়ে বামপন্থার চ্যালেঞ্জ

বর্তমান ভারতের প্রেক্ষাপটে বামপন্থী আন্দোলনের সামনে কয়েকটি গুরুত্বপূর্ণ প্রশ্ন রয়েছে—

- অসংগঠিত শ্রমিকদের সংগঠিত করা।
- গিগ অর্থনীতির কর্মীদের অধিকার।
- কৃষি ও জলবায়ু পরিবর্তনের প্রভাব।
- প্রযুক্তি, অটোমেশন ও কর্মসংস্থান।
- তরুণ প্রজন্মের রাজনৈতিক অংশগ্রহণ।
- সামাজিক ন্যায়, পরিবেশ ও অর্থনৈতিক উন্নয়নের মধ্যে ভারসাম্য।

ভারত ও বাংলার বামপন্থী আন্দোলনের অবদান

সমর্থকদের মতে উল্লেখযোগ্য অবদানের মধ্যে রয়েছে—

- শ্রমিক অধিকার নিয়ে জনসচেতনতা বৃদ্ধি।
- কৃষক সংগঠন ও ভূমি-প্রশ্নে আন্দোলন।
- ট্রেড ইউনিয়ন আন্দোলনের প্রসার।
- পঞ্চায়েত ও বিকেন্দ্রীকরণে অবদান।
- ধর্মনিরপেক্ষতা, শিক্ষা ও সামাজিক ন্যায়ের প্রশ্নে সক্রিয় ভূমিকা।

সমালোচনা

সমালোচকেরা বিভিন্ন সময়ে অভিযোগ করেছেন—

- দীর্ঘ শাসনে প্রশাসনিক জড়তা তৈরি হয়েছে।
- কিছু ক্ষেত্রে দলীয় প্রভাব প্রশাসনে বেড়েছে।
- শিল্প বিনিয়োগ আকর্ষণে সীমাবদ্ধতা ছিল।
- সংগঠনগত বিভাজন ও নির্বাচনী দুর্বলতা আন্দোলনের প্রভাব কমিয়েছে।

এই বিষয়গুলি নিয়ে ইতিহাসবিদ, অর্থনীতিবিদ ও রাজনৈতিক বিশ্লেষকদের মধ্যে ভিন্নমত রয়েছে।

ভারত ও বাংলার বামপন্থী আন্দোলনের ইতিহাস একমুখী নয়। এখানে যেমন শ্রমিক ও কৃষকের অধিকার প্রতিষ্ঠার জন্য গুরুত্বপূর্ণ সংগ্রাম রয়েছে, তেমনি রাজনৈতিক কৌশল, শাসন, অর্থনীতি এবং গণতান্ত্রিক চর্চা নিয়ে বিতর্কও রয়েছে।

এই ইতিহাসকে বুঝতে হলে কেবল প্রশংসা বা সমালোচনায় সীমাবদ্ধ না থেকে দলিল, গবেষণা, সরকারি তথ্য এবং বিভিন্ন মতাদর্শের বিশ্লেষণ একসঙ্গে পড়া প্রয়োজন।

- ভারতীয় বামপন্থী আন্দোলনের সূচনা বিংশ শতাব্দীর প্রথম ভাগে।
- শ্রমিক ও কৃষক আন্দোলন এর গুরুত্বপূর্ণ ভিত্তি।
- তেভাগা আন্দোলন, নকশালবাড়ি আন্দোলন এবং পশ্চিমবঙ্গে বামফ্রন্ট সরকারের সময়কাল ইতিহাসের উল্লেখযোগ্য অধ্যায়।
- বামপন্থী আন্দোলনের উল্লেখযোগ্য অবদান যেমন রয়েছে, তেমনি বিভিন্ন সমালোচনা ও বিতর্কও রয়েছে।

- ইতিহাসের পূর্ণাঙ্গ মূল্যায়নের জন্য বহুমাত্রিক ও তথ্যনির্ভর দৃষ্টিভঙ্গি অপরিহার্য।

অধ্যায় – ১০

ট্রেড ইউনিয়ন, কৃষক সংগঠন ও গণআন্দোলন

শ্রম, অধিকার এবং গণতান্ত্রিক সংগ্রামের ভিত্তি

"একজন মানুষের কণ্ঠস্বর অনেক সময় দুর্বল হতে পারে, কিন্তু সংগঠিত মানুষের কণ্ঠস্বর সমাজ ও রাষ্ট্র উভয়ের কাছেই গুরুত্ব পায়।"

ভূমিকা

একজন শ্রমিক একা নিজের ন্যায্য মজুরির দাবি তুললে হয়তো তাঁর কথা কেউ শুনবে না। একজন কৃষক একা ফসলের ন্যায্যমূল্য চাইলে তাঁর দাবিও হয়তো গুরুত্ব পাবে না। কিন্তু হাজার হাজার শ্রমিক, কৃষক, ছাত্র, শিক্ষক, নারী বা সাধারণ মানুষ যখন সংগঠিত হয়ে গণতান্ত্রিকভাবে দাবি উত্থাপন করেন, তখন সেই দাবি সমাজ ও রাষ্ট্রের কাছে গুরুত্বপূর্ণ হয়ে ওঠে।

এই কারণেই ইতিহাসে ট্রেড ইউনিয়ন, কৃষক সংগঠন এবং গণআন্দোলন গুরুত্বপূর্ণ ভূমিকা পালন করেছে।

মার্কসবাদী রাজনীতিতে যেমন সংগঠনের ওপর গুরুত্ব দেওয়া হয়, তেমনি গণতান্ত্রিক

রাষ্ট্রেও সংগঠন গঠনের অধিকার একটি গুরুত্বপূর্ণ নাগরিক স্বাধীনতা।

ট্রেড ইউনিয়ন কী?

ট্রেড ইউনিয়ন (Trade Union) হলো শ্রমিক ও কর্মচারীদের একটি সংগঠন, যার মূল উদ্দেশ্য সদস্যদের পেশাগত, অর্থনৈতিক এবং সামাজিক স্বার্থ রক্ষা করা।

ট্রেড ইউনিয়ন সাধারণত কাজ করে—

- ন্যায্য মজুরি নিশ্চিত করতে।
- নিরাপদ কর্মপরিবেশের দাবিতে।
- নির্দিষ্ট কর্মঘণ্টার জন্য।
- সামাজিক নিরাপত্তা নিশ্চিত করতে।
- কর্মক্ষেত্রে বৈষম্য ও অন্যায়ের বিরুদ্ধে।

ট্রেড ইউনিয়নের প্রয়োজন কেন?

ধরুন একটি কারখানায় ৫০০ শ্রমিক কাজ করেন।

মালিক হঠাৎ ঘোষণা করলেন—

- কর্মঘণ্টা বাড়ানো হবে।
- মজুরি কমানো হবে।
- ছুটি কমিয়ে দেওয়া হবে।

একজন শ্রমিক একা প্রতিবাদ করলে তাঁর চাকরি হারানোর ঝুঁকি থাকতে পারে।

কিন্তু যদি শ্রমিকরা সংগঠিতভাবে আলোচনার মাধ্যমে দাবি উত্থাপন করেন, তাহলে তাঁদের অবস্থান তুলনামূলকভাবে শক্তিশালী হতে পারে।

এই সংগঠিত আলোচনাকেই অনেক সময় **সমষ্টিগত দরকষাকষি (Collective Bargaining)** বলা হয়।

ট্রেড ইউনিয়নের প্রধান কাজ

১. শ্রমিকের অধিকার রক্ষা

- ন্যায্য মজুরি
- নিরাপদ কর্মপরিবেশ
- ছুটি
- স্বাস্থ্যসুরক্ষা
- বৈষম্যের বিরুদ্ধে ব্যবস্থা

---

২. মালিক ও শ্রমিকের মধ্যে আলোচনা

বিরোধ হলে আলোচনা ও সমঝোতার মাধ্যমে সমাধান খোঁজার চেষ্টা করা।

---

৩. শ্রম আইন সম্পর্কে সচেতনতা

শ্রমিকদের আইনি অধিকার সম্পর্কে শিক্ষা দেওয়া।

---

৪. প্রশিক্ষণ ও দক্ষতা বৃদ্ধি

অনেক ইউনিয়ন সদস্যদের দক্ষতা উন্নয়ন, নিরাপত্তা প্রশিক্ষণ এবং আইন সম্পর্কে সচেতনতার উদ্যোগও গ্রহণ করে।

ট্রেড ইউনিয়নের শক্তি

সমর্থকদের মতে—

- শ্রমিকদের কণ্ঠস্বর শক্তিশালী হয়।
- অন্যায্য বরখাস্তের বিরুদ্ধে সহায়তা মেলে।
- নিরাপদ কর্মপরিবেশ নিশ্চিত করতে চাপ সৃষ্টি করা যায়।
- সামাজিক নিরাপত্তা নিয়ে আলোচনা সহজ হয়।

ট্রেড ইউনিয়নের সীমাবদ্ধতা

সমালোচকেরা বলেন—

- কিছু ক্ষেত্রে অতিরিক্ত সংঘাত শিল্প উৎপাদনে প্রভাব ফেলতে পারে।
- রাজনৈতিক প্রভাব ইউনিয়নের স্বাধীনতাকে প্রভাবিত করতে পারে।
- বিভিন্ন ইউনিয়নের মধ্যে বিভাজন শ্রমিকদের ঐক্য দুর্বল করতে পারে।

এই সমালোচনাগুলি সব ইউনিয়নের ক্ষেত্রে সমানভাবে প্রযোজ্য নয়; পরিস্থিতিভেদে ভিন্ন হতে পারে।

কৃষক সংগঠন কী?

কৃষকদের অর্থনৈতিক, সামাজিক এবং নীতিগত স্বার্থ রক্ষার জন্য গঠিত সংগঠনকে কৃষক সংগঠন বলা হয়।

তাদের প্রধান দাবিগুলি হতে পারে—

- ফসলের ন্যায্যমূল্য।
- সেচের সুবিধা।
- কৃষিঋণ।
- বীমা।
- সংরক্ষণ ও বিপণন ব্যবস্থা।
- কৃষি অবকাঠামোর উন্নয়ন।

কৃষক সংগঠনের প্রয়োজন

একজন কৃষক একা বাজারের দাম নিয়ন্ত্রণ করতে পারেন না।

তিনি একা কৃষিনীতি পরিবর্তনও করতে পারেন না।

কিন্তু সংগঠিত কৃষক সমাজ তথ্য, গবেষণা এবং গণতান্ত্রিক আলোচনার মাধ্যমে নীতিনির্ধারণে প্রভাব ফেলতে পারে।

কৃষক আন্দোলনের ঐতিহাসিক গুরুত্ব

ভারতের ইতিহাসে বিভিন্ন কৃষক আন্দোলন—

- খাজনা কমানো,
- জমির অধিকার,
- ভাগচাষ,
- ঋণ,
- ন্যায্যমূল্য,

ইত্যাদি প্রশ্নকে জাতীয় আলোচনায় নিয়ে এসেছে।

বিভিন্ন সময়ে বিভিন্ন মতাদর্শের সংগঠন এসব আন্দোলনে অংশগ্রহণ করেছে।

গণআন্দোলন কী?

গণআন্দোলন হলো এমন একটি সংগঠিত সামাজিক বা রাজনৈতিক আন্দোলন, যেখানে সাধারণ মানুষ কোনো দাবি, সমস্যা বা নীতির পক্ষে বা বিপক্ষে শান্তিপূর্ণভাবে অংশগ্রহণ করেন।

এটি কেবল রাজনৈতিক দলের মধ্যেই সীমাবদ্ধ নয়।

পরিবেশ, শিক্ষা, স্বাস্থ্য, দুর্নীতিবিরোধী আন্দোলন, নারী অধিকার, শ্রমিক অধিকার,

ভাষা, ভূমি, নাগরিক অধিকার—এসব বিষয়েও গণআন্দোলন হতে পারে।

গণআন্দোলনের বৈশিষ্ট্য

- জনগণের অংশগ্রহণ।
- নির্দিষ্ট দাবি।
- সংগঠিত কর্মসূচি।
- গণতান্ত্রিক পদ্ধতিতে মত প্রকাশ।
- দীর্ঘমেয়াদি সামাজিক প্রভাব।

গণআন্দোলনের পদ্ধতি

- মিছিল
- সভা
- স্মারকলিপি প্রদান
- গণস্বাক্ষর অভিযান
- প্রতিবাদ কর্মসূচি
- ধর্মঘট (আইনসম্মত ক্ষেত্রে)
- অবস্থান কর্মসূচি
- জনমত গঠন
- সামাজিক প্রচারাভিযান

এসব কর্মসূচি আইন ও সাংবিধানিক সীমার মধ্যে পরিচালিত হওয়া উচিত।

গণতন্ত্রে সংগঠনের ভূমিকা

গণতান্ত্রিক রাষ্ট্রে সংগঠনগুলি—

- সরকারের কাছে দাবি জানায়।
- নীতিনির্ধারণে মতামত দেয়।
- নাগরিকদের সচেতন করে।
- বিভিন্ন সামাজিক গোষ্ঠীর স্বার্থ তুলে ধরে।
- প্রশাসনের জবাবদিহি বাড়াতে ভূমিকা রাখতে পারে।

মার্কসবাদ ও গণআন্দোলন

মার্কসবাদে সংগঠিত শ্রমিক ও কৃষকের ভূমিকা অত্যন্ত গুরুত্বপূর্ণ বলে বিবেচিত হয়।

তবে সমসাময়িক বামপন্থী রাজনীতিতে নারী আন্দোলন, পরিবেশ আন্দোলন, ছাত্র আন্দোলন, দলিত ও আদিবাসী অধিকার, মানবাধিকার এবং অসংগঠিত শ্রমিকদের প্রশ্নও গুরুত্বপূর্ণ হয়ে উঠেছে।

আধুনিক যুগে নতুন ধরনের সংগঠন

ডিজিটাল প্রযুক্তির কারণে এখন নতুন ধরনের শ্রম ও সংগঠন তৈরি হয়েছে।

যেমন—

- অ্যাপভিত্তিক ডেলিভারি কর্মী।

- ক্যাবচালক।
- ফ্রিল্যান্সার।
- প্ল্যাটফর্মভিত্তিক কর্মী।

এই নতুন শ্রমজগতের অধিকার নিয়ে বিভিন্ন দেশে নতুন ধরনের সংগঠন ও আন্দোলন গড়ে উঠছে।

সংগঠনের নৈতিক দায়িত্ব

একটি দায়িত্বশীল সংগঠনের উচিত—

- সত্যনিষ্ঠ থাকা।
- সদস্যদের মতামতকে গুরুত্ব দেওয়া।
- গণতান্ত্রিকভাবে সিদ্ধান্ত নেওয়া।
- আইনকে সম্মান করা।
- সহিংসতার পরিবর্তে সংলাপ ও শান্তিপূর্ণ সমাধানকে অগ্রাধিকার দেওয়া।
- স্বচ্ছতা ও জবাবদিহি বজায় রাখা।

ট্রেড ইউনিয়ন, কৃষক সংগঠন এবং গণআন্দোলন একটি গণতান্ত্রিক সমাজের গুরুত্বপূর্ণ উপাদান। এগুলি মানুষের দাবি সংগঠিতভাবে প্রকাশ করার সুযোগ দেয় এবং নীতি, আইন ও সামাজিক পরিবর্তনের ক্ষেত্রে প্রভাব ফেলতে পারে।

তবে যে কোনো সংগঠনের কার্যকারিতা নির্ভর করে তার গণতান্ত্রিক চরিত্র,

সদস্যদের অংশগ্রহণ, তথ্যভিত্তিক দাবি এবং শান্তিপূর্ণ ও আইনসম্মত কর্মকাণ্ডের ওপর।

- ট্রেড ইউনিয়ন শ্রমিকদের পেশাগত ও অর্থনৈতিক স্বার্থ রক্ষার সংগঠন।
- কৃষক সংগঠন কৃষকদের ন্যায্য অধিকার ও কৃষিনীতির প্রশ্নে কাজ করে।
- গণআন্দোলন গণতান্ত্রিক সমাজে জনমত প্রকাশের একটি গুরুত্বপূর্ণ মাধ্যম।
- সংগঠন ও আন্দোলন সামাজিক পরিবর্তনে ভূমিকা রাখতে পারে, তবে গণতান্ত্রিক, স্বচ্ছ ও আইনসম্মত পদ্ধতি অনুসরণ করা জরুরি।
- আধুনিক অর্থনীতিতে গিগ কর্মী ও অসংগঠিত শ্রমিকদের সংগঠনও ক্রমশ গুরুত্বপূর্ণ হয়ে উঠছে।

অধ্যায়–১১

সাম্প্রদায়িকতা, জাতপাত, লিঙ্গবৈষম্য ও সামাজিক ন্যায়

একটি মানবিক, সাংবিধানিক ও বামপন্থী দৃষ্টিভঙ্গি

"মানুষের পরিচয়ের মধ্যে ধর্ম, ভাষা, জাত, লিঙ্গ বা অঞ্চল থাকতে পারে; কিন্তু মানুষের মর্যাদা সবার আগে। সামাজিক ন্যায় প্রতিষ্ঠার মূল শর্ত হলো—প্রত্যেক মানুষের সমান সম্মান, সমান অধিকার এবং সমান সুযোগ নিশ্চিত করা।"

ভূমিকা

সমাজে সব বৈষম্য অর্থনৈতিক নয়। মানুষের জীবনে ধর্ম, জাতপাত, লিঙ্গ, ভাষা, বর্ণ, অঞ্চল, প্রতিবন্ধকতা এবং সামাজিক পরিচয়ও গুরুত্বপূর্ণ প্রভাব ফেলে। অনেক সময় একই আয়ের দুই ব্যক্তি শুধু ধর্ম, জাত বা লিঙ্গের কারণে ভিন্ন ধরনের সুযোগ বা বৈষম্যের সম্মুখীন হতে পারেন।

তাই সমাজকে বোঝার জন্য শুধু অর্থনীতি নয়, সামাজিক সম্পর্ক, সাংস্কৃতিক ইতিহাস এবং সাংবিধানিক মূল্যবোধও বুঝতে হয়।

মার্কসবাদ অর্থনৈতিক বৈষম্যকে বিশেষ গুরুত্ব দিয়ে বিশ্লেষণ করে, তবে আধুনিক

বামপন্থী চিন্তায় সাম্প্রদায়িকতা, জাতপাত, লিঙ্গবৈষম্য, আদিবাসী ও দলিত অধিকার, সংখ্যালঘু অধিকার এবং সামাজিক ন্যায়ের প্রশ্নও সমানভাবে গুরুত্বপূর্ণ বলে বিবেচিত হয়।

সামাজিক ন্যায় কী?

সামাজিক ন্যায় (Social Justice) বলতে এমন একটি সমাজব্যবস্থাকে বোঝায় যেখানে—

- প্রত্যেক মানুষের সমান মর্যাদা থাকবে।
- আইনের চোখে সবাই সমান হবে।
- সুযোগের ক্ষেত্রে অন্যায় বৈষম্য কমানোর চেষ্টা করা হবে।
- শিক্ষা, স্বাস্থ্য, কর্মসংস্থান ও ন্যায়বিচারে প্রবেশাধিকার সবার জন্য নিশ্চিত করার প্রচেষ্টা থাকবে।
- দুর্বল ও বঞ্চিত জনগোষ্ঠীর জন্য প্রয়োজনীয় সহায়তা ও সুরক্ষার ব্যবস্থা করা হবে।

সামাজিক ন্যায় মানে সবাইকে একরকম করে দেওয়া নয়; বরং অন্যায্য বৈষম্য কমিয়ে ন্যায্য সুযোগ নিশ্চিত করা।

সাম্প্রদায়িকতা কী?

সাম্প্রদায়িকতা (Communalism) হলো এমন একটি রাজনৈতিক বা সামাজিক প্রবণতা, যেখানে ধর্মীয় পরিচয়কে কেন্দ্র করে মানুষকে বিভক্ত করা হয় এবং একটি ধর্মীয় গোষ্ঠীর স্বার্থকে অন্য গোষ্ঠীর বিরুদ্ধে দাঁড় করানো হয়।

ধর্ম পালন করা এবং সাম্প্রদায়িকতা এক জিনিস নয়।

ধর্ম ব্যক্তিগত বিশ্বাস ও আধ্যাত্মিকতার বিষয় হতে পারে।

সাম্প্রদায়িকতা হলো ধর্মীয় পরিচয়কে রাজনৈতিক বা সামাজিক সংঘাতের হাতিয়ার হিসেবে ব্যবহার করা।

সাম্প্রদায়িকতার বৈশিষ্ট্য

- "আমরা" বনাম "ওরা" ধরনের বিভাজন তৈরি করা।
- গুজব, ভয় বা ঘৃণা ছড়ানো।
- ইতিহাসকে একপাক্ষিকভাবে ব্যবহার করা।
- ধর্মীয় পরিচয়কে রাজনৈতিক সমর্থনের প্রধান ভিত্তি বানানোর চেষ্টা।
- অন্য সম্প্রদায় সম্পর্কে সাধারণীকরণ বা বিদ্বেষ সৃষ্টি।

সাম্প্রদায়িকতার ক্ষতি

১. সামাজিক সম্প্রীতি নষ্ট হয়

প্রতিবেশী, সহকর্মী ও সহপাঠীদের মধ্যে অবিশ্বাস তৈরি হতে পারে।

২. অর্থনীতির ক্ষতি

সংঘাতের ফলে ব্যবসা, শিক্ষা, পর্যটন ও কর্মসংস্থান ক্ষতিগ্রস্ত হতে পারে।

৩. গণতন্ত্র দুর্বল হয়

নীতিগত প্রশ্নের পরিবর্তে পরিচয়ভিত্তিক বিভাজন রাজনৈতিক আলোচনাকে প্রভাবিত করতে পারে।

৪. মানবিক সম্পর্ক ভেঙে যায়

ভিন্ন ধর্মের মানুষের সঙ্গে স্বাভাবিক সামাজিক সম্পর্ক ক্ষতিগ্রস্ত হতে পারে।

জাতপাত কী?

জাতপাত (Caste) হলো দক্ষিণ এশিয়ার ইতিহাসে বিকশিত একটি জটিল সামাজিক স্তরবিন্যাস ব্যবস্থা, যার ফলে বহু শতাব্দী ধরে কিছু গোষ্ঠী বিশেষ সুবিধা পেয়েছে এবং কিছু গোষ্ঠী বৈষম্য ও বঞ্চনার শিকার হয়েছে।

ভারতের সংবিধান আইনের দৃষ্টিতে সকল নাগরিককে সমান মর্যাদা দেয় এবং অস্পৃশ্যতাকে নিষিদ্ধ করেছে।

তবুও সমাজের কিছু ক্ষেত্রে জাতভিত্তিক বৈষম্য ও বঞ্চনার অভিযোগ এখনও দেখা যায়।

জাতপাতের সামাজিক প্রভাব

- শিক্ষা লাভের অসম সুযোগ।
- পেশাগত বৈষম্য।
- সামাজিক বর্জন।
- বৈবাহিক বাধা।
- সহিংসতা বা বৈষম্যমূলক আচরণের ঘটনা।

লিঙ্গবৈষম্য কী?

লিঙ্গবৈষম্য (Gender Discrimination) হলো নারী, পুরুষ বা অন্য কোনো লিঙ্গপরিচয়ের মানুষের সঙ্গে শুধুমাত্র লিঙ্গের ভিত্তিতে অসম আচরণ বা সুযোগের বৈষম্য করা।

লিঙ্গবৈষম্য শুধু নারীদের ক্ষেত্রেই নয়; বিভিন্ন ব্যক্তি ও গোষ্ঠী ভিন্নভাবে এর প্রভাব অনুভব করতে পারেন।

লিঙ্গবৈষম্যের উদাহরণ

- একই কাজের জন্য অসম বেতন (যেখানে এমন বৈষম্য ঘটে)।
- শিক্ষার সুযোগে বৈষম্য।

- সম্পত্তির অধিকার থেকে বঞ্চনা।
- কর্মক্ষেত্রে হয়রানি।
- গৃহস্থালি কাজের অসম বণ্টন।
- সিদ্ধান্ত গ্রহণে নারীর কম অংশগ্রহণ।

কেন এই বৈষম্য টিকে থাকে?

কারণ—

- ঐতিহাসিক সামাজিক রীতি।
- কুসংস্কার।
- অশিক্ষা।
- অর্থনৈতিক বৈষম্য।
- ক্ষমতার অসম বণ্টন।
- সামাজিক পূর্বধারণা।

সামাজিক ন্যায় প্রতিষ্ঠার উপায়

১. শিক্ষা

শিক্ষা মানুষকে যুক্তিবাদী ও সচেতন করে।

শিক্ষা বৈষম্যের বিরুদ্ধে সবচেয়ে শক্তিশালী হাতিয়ারগুলির একটি।

---

২. আইনের শাসন

সংবিধান ও আইন অনুযায়ী সকল নাগরিকের সমান অধিকার নিশ্চিত করা।

৩. অর্থনৈতিক সুযোগ

কর্মসংস্থান, দক্ষতা উন্নয়ন এবং সামাজিক নিরাপত্তা বৈষম্য কমাতে সাহায্য করতে পারে।

৪. সামাজিক সচেতনতা

ঘৃণা, গুজব ও কুসংস্কারের পরিবর্তে পারস্পরিক সম্মান ও সংলাপের সংস্কৃতি গড়ে তোলা।

৫. প্রতিনিধিত্ব

সমাজের বিভিন্ন গোষ্ঠীর মানুষ যাতে শিক্ষা, প্রশাসন, রাজনীতি, বিচারব্যবস্থা এবং অন্যান্য প্রতিষ্ঠানে অংশগ্রহণের সুযোগ পান, সে বিষয়ে গুরুত্ব দেওয়া।

মার্কসবাদ এই প্রশ্নগুলিকে কীভাবে দেখে?

মার্কসবাদ মূলত অর্থনৈতিক শ্রেণি ও উৎপাদন সম্পর্কের বিশ্লেষণের ওপর জোর দেয়। তবে আধুনিক মার্কসবাদী ও বামপন্থী চিন্তায় শ্রেণির পাশাপাশি জাতপাত, লিঙ্গ, ধর্ম, জাতিগত পরিচয়, পরিবেশ এবং

অন্যান্য সামাজিক বৈষম্যকেও গুরুত্বপূর্ণ বিশ্লেষণী ক্ষেত্র হিসেবে দেখা হয়।

বিভিন্ন বামপন্থী ধারার মধ্যে এই প্রশ্নগুলির গুরুত্ব ও ব্যাখ্যায় পার্থক্য থাকতে পারে।

ভারতের সংবিধান ও সামাজিক ন্যায়

ভারতের সংবিধানের মৌলিক নীতিগুলির মধ্যে রয়েছে—

- সমতা।
- স্বাধীনতা।
- ন্যায়।
- ভ্রাতৃত্ব।

সংবিধান ধর্ম, জাত, লিঙ্গ, জন্মস্থান ইত্যাদির ভিত্তিতে বৈষম্য না করার নীতি গ্রহণ করেছে এবং বিভিন্ন আইন ও নীতির মাধ্যমে সামাজিক ন্যায় প্রতিষ্ঠার চেষ্টা করা হয়েছে।

একজন বামপন্থীর করণীয়

একজন সচেতন বামপন্থী কর্মীর উচিত—

- সব ধর্মের মানুষের সমান মর্যাদা স্বীকার করা।

- জাতপাতভিত্তিক বৈষম্যের বিরোধিতা করা।
- নারী-পুরুষের সমান অধিকারকে সমর্থন করা।
- তথ্য ও যুক্তির ভিত্তিতে মত গঠন করা।
- গুজব ও বিদ্বেষমূলক প্রচার থেকে বিরত থাকা।
- সাংবিধানিক মূল্যবোধ ও মানবাধিকারের প্রতি শ্রদ্ধাশীল থাকা।
- অর্থনৈতিক ও সামাজিক—উভয় ধরনের ন্যায় প্রতিষ্ঠার প্রশ্নে সক্রিয় থাকা।

বাস্তব উদাহরণ

একটি কারখানায় ৫০০ শ্রমিক কাজ করেন।

তাঁদের মধ্যে বিভিন্ন ধর্ম, জাত, ভাষা ও লিঙ্গের মানুষ রয়েছেন।

যদি তাঁরা ধর্ম বা জাতের ভিত্তিতে বিভক্ত হয়ে পড়েন, তাহলে যৌথভাবে মজুরি, নিরাপত্তা বা শ্রম অধিকার নিয়ে দাবি তোলা কঠিন হতে পারে।

আবার যদি তাঁরা ভিন্ন পরিচয়কে সম্মান করে সাধারণ কর্মক্ষেত্রের সমস্যাগুলি নিয়ে একসঙ্গে কাজ করেন, তাহলে আলোচনার শক্তি বাড়তে পারে।

এই উদাহরণটি দেখায় যে সামাজিক সম্প্রীতি ও পারস্পরিক সম্মান গণতান্ত্রিক সংগঠনের কার্যকারিতার জন্যও গুরুত্বপূর্ণ।

সামাজিক ন্যায় প্রতিষ্ঠা শুধু সরকারের কাজ নয়; এটি নাগরিক, শিক্ষা প্রতিষ্ঠান, রাজনৈতিক দল, সামাজিক সংগঠন, পরিবার এবং প্রত্যেক মানুষের যৌথ দায়িত্ব।

একটি গণতান্ত্রিক ও মানবিক সমাজ গড়তে হলে অর্থনৈতিক বৈষম্য কমানোর পাশাপাশি সাম্প্রদায়িকতা, জাতপাত, লিঙ্গবৈষম্য এবং অন্যান্য অন্যায্য বৈষম্যের বিরুদ্ধেও ধারাবাহিকভাবে কাজ করতে হবে।

- সামাজিক ন্যায় মানে প্রত্যেক মানুষের মর্যাদা, অধিকার ও ন্যায্য সুযোগ নিশ্চিত করার প্রচেষ্টা।

- সাম্প্রদায়িকতা ধর্মীয় পরিচয়কে বিভাজনের রাজনৈতিক বা সামাজিক হাতিয়ার হিসেবে ব্যবহার করে।

- জাতপাত ঐতিহাসিক সামাজিক স্তরবিন্যাস, যার প্রভাব আজও বিভিন্ন ক্ষেত্রে দেখা যায়।

- লিঙ্গবৈষম্য সমাজের বিভিন্ন স্তরে অসম সুযোগ ও আচরণের মাধ্যমে প্রকাশ পেতে পারে।

- সংবিধান, শিক্ষা, আইনের শাসন, অর্থনৈতিক সুযোগ এবং সামাজিক

সচেতনতা—সব মিলিয়ে সামাজিক ন্যায় প্রতিষ্ঠার ভিত্তি গড়ে ওঠে।

অধ্যায়–১২

পরিবেশ, জলবায়ু পরিবর্তন ও বামপন্থী দৃষ্টিভঙ্গি

মানুষ, প্রকৃতি এবং টেকসই উন্নয়নের প্রশ্ন

"পৃথিবী আমরা পূর্বপুরুষদের কাছ থেকে উত্তরাধিকার হিসেবে পাইনি; আমরা এটি ভবিষ্যৎ প্রজন্মের কাছ থেকে ধার নিয়েছি।"

ভূমিকা

একসময় মনে করা হতো পরিবেশ রক্ষা শুধুমাত্র বিজ্ঞানীদের কাজ। কিন্তু আজ আমরা জানি, পরিবেশের প্রশ্ন আসলে অর্থনীতি, রাজনীতি, কৃষি, শিল্প, স্বাস্থ্য, কর্মসংস্থান এবং সামাজিক ন্যায়ের সঙ্গেও গভীরভাবে যুক্ত।

যখন একটি নদী দূষিত হয়, তখন শুধু মাছ মারা যায় না—জেলেদের জীবিকা ক্ষতিগ্রস্ত হয়।

যখন বন ধ্বংস হয়, তখন শুধু গাছ হারায় না—আদিবাসী সমাজ, জীববৈচিত্র্য এবং স্থানীয় অর্থনীতিও ক্ষতিগ্রস্ত হয়।

যখন জলবায়ু পরিবর্তনের ফলে খরা, বন্যা বা ঘূর্ণিঝড় বৃদ্ধি পায়, তখন সবচেয়ে বেশি

ক্ষতিগ্রস্ত হন কৃষক, শ্রমিক, উপকূলবাসী এবং দরিদ্র মানুষ।

এই কারণেই পরিবেশের প্রশ্ন আজ শুধু প্রকৃতির নয়; এটি সামাজিক ন্যায়, অর্থনীতি এবং মানবাধিকারেরও প্রশ্ন।

পরিবেশ কী?

পরিবেশ (Environment) বলতে আমাদের চারপাশের সেই প্রাকৃতিক ও মানবসৃষ্ট উপাদানগুলিকে বোঝায়, যা আমাদের জীবনকে প্রভাবিত করে।

এর মধ্যে রয়েছে—

- বায়ু
- পানি
- মাটি
- বন
- নদী
- পাহাড়
- সমুদ্র
- প্রাণী
- উদ্ভিদ
- জীববৈচিত্র্য
- মানুষের বসতি ও অবকাঠামো

অর্থাৎ, মানুষ ও প্রকৃতি একে অপরের সঙ্গে গভীরভাবে সম্পর্কিত।

জলবায়ু ও আবহাওয়ার পার্থক্য

অনেকেই এই দুটি বিষয়কে এক মনে করেন।

কিন্তু দুটির মধ্যে গুরুত্বপূর্ণ পার্থক্য আছে।

আবহাওয়া (Weather)

কোনো নির্দিষ্ট দিনে বা কয়েক দিনের জন্য তাপমাত্রা, বৃষ্টি, বাতাস বা আকাশের অবস্থাকে বোঝায়।

উদাহরণ—

আজ কলকাতায় বৃষ্টি হলো।

এটি আবহাওয়া।

জলবায়ু (Climate)

কোনো অঞ্চলের বহু বছরের গড় আবহাওয়ার ধরনকে জলবায়ু বলা হয়।

যেমন—

পশ্চিমবঙ্গে সাধারণভাবে গ্রীষ্ম উষ্ণ, বর্ষায় বৃষ্টি এবং শীতে তুলনামূলক ঠান্ডা থাকে।

এটি জলবায়ুর বৈশিষ্ট্য।

জলবায়ু পরিবর্তন কী?

জলবায়ু পরিবর্তন (Climate Change) বলতে দীর্ঘ সময় ধরে পৃথিবীর গড় তাপমাত্রা, বৃষ্টিপাত, সমুদ্রপৃষ্ঠের উচ্চতা এবং অন্যান্য জলবায়ুগত বৈশিষ্ট্যের উল্লেখযোগ্য পরিবর্তনকে বোঝায়।

বর্তমানে বৈজ্ঞানিক গবেষণায় দেখা যায় যে মানবসৃষ্ট গ্রিনহাউস গ্যাসের নির্গমন—বিশেষত জীবাশ্ম জ্বালানির ব্যবহার, বন উজাড় এবং কিছু শিল্প ও কৃষি কার্যক্রম—বিশ্ব উষ্ণায়নের একটি প্রধান কারণ।

গ্রিনহাউস প্রভাব কী?

পৃথিবীর বায়ুমণ্ডলে কিছু গ্যাস আছে—

- কার্বন ডাই-অক্সাইড (CO_2)
- মিথেন (CH_4)
- নাইট্রাস অক্সাইড (N_2O)

এই গ্যাসগুলি সূর্যের তাপের একটি অংশ ধরে রাখে, ফলে পৃথিবীতে জীবনধারণ সম্ভব হয়।

কিন্তু এই গ্যাসের পরিমাণ অতিরিক্ত বেড়ে গেলে পৃথিবীর গড় তাপমাত্রাও বাড়তে থাকে।

এটিকেই বিশ্ব উষ্ণায়নের (Global Warming) প্রধান কারণ হিসেবে ধরা হয়।

জলবায়ু পরিবর্তনের প্রভাব

১. কৃষিতে প্রভাব

- অনিয়মিত বৃষ্টি।
- খরা।
- অতিবৃষ্টি।
- নতুন ধরনের পোকামাকড়।
- ফসলের ক্ষতি।

সবচেয়ে বেশি ক্ষতিগ্রস্ত হন ক্ষুদ্র কৃষকরা।

---

২. শ্রমিকদের ওপর প্রভাব

তীব্র গরমে—

- নির্মাণ শ্রমিক,
- কৃষিশ্রমিক,
- রাস্তার শ্রমিক,

দীর্ঘ সময় কাজ করতে পারেন না।

ফলে আয় কমে যেতে পারে।

---

৩. উপকূলীয় অঞ্চলে

সমুদ্রপৃষ্ঠের উচ্চতা বৃদ্ধি, লবণাক্ততা এবং ঘূর্ণিঝড় উপকূলবাসীর জীবনকে কঠিন করে তুলতে পারে।

---

৪. স্বাস্থ্য

- হিট স্ট্রোক।

- ডেঙ্গু ও ম্যালেরিয়ার বিস্তার।
- শ্বাসকষ্ট।
- অপুষ্টি।

এসব ঝুঁকি বৃদ্ধি পেতে পারে।

পরিবেশ ধ্বংসের কারণ বন উজাড়

অতিরিক্ত গাছ কাটা পরিবেশের ভারসাম্য নষ্ট করে।

দূষণ

- বায়ুদূষণ
- জলদূষণ
- শব্দদূষণ
- মাটিদূষণ

সবই মানুষের স্বাস্থ্য ও প্রকৃতির জন্য ক্ষতিকর।

অপরিকল্পিত নগরায়ণ

অতিরিক্ত কংক্রিটের ব্যবহার, জলাভূমি ভরাট এবং অপর্যাপ্ত সবুজ এলাকা শহরকে বেশি উষ্ণ করে তোলে।

অতিরিক্ত প্রাকৃতিক সম্পদ ব্যবহার

পানি, খনিজ, বন ও জ্বালানির অযৌক্তিক ব্যবহার দীর্ঘমেয়াদে পরিবেশগত সংকট তৈরি করতে পারে।

বামপন্থী দৃষ্টিভঙ্গি

বামপন্থী চিন্তায় পরিবেশকে কেবল একটি বৈজ্ঞানিক বিষয় হিসেবে নয়, সামাজিক ও অর্থনৈতিক ন্যায়ের প্রশ্ন হিসেবেও দেখা হয়।

এই দৃষ্টিভঙ্গিতে কয়েকটি বিষয় গুরুত্বপূর্ণ—

১. প্রকৃতি শুধু পণ্য নয়

বন, নদী, পাহাড়, সমুদ্র এবং প্রাকৃতিক সম্পদকে শুধু মুনাফার উৎস হিসেবে দেখা উচিত নয়।

এগুলি মানুষের যৌথ সম্পদ এবং ভবিষ্যৎ প্রজন্মের জন্যও গুরুত্বপূর্ণ।

---

২. পরিবেশগত ন্যায় (Environmental Justice)

দূষণ বা জলবায়ু পরিবর্তনের প্রভাব সবার ওপর সমানভাবে পড়ে না।

প্রায়ই দরিদ্র মানুষ, উপকূলবাসী, ক্ষুদ্র কৃষক, আদিবাসী এবং অসংগঠিত শ্রমজীবীরা বেশি ক্ষতিগ্রস্ত হন।

তাই পরিবেশ রক্ষার নীতিতে সামাজিক ন্যায়ের বিষয়টিও বিবেচনা করা প্রয়োজন।

---

৩. টেকসই উন্নয়ন

বামপন্থী চিন্তায় উন্নয়নের বিরোধিতা করা হয় না।

প্রশ্ন হলো—

কী ধরনের উন্নয়ন?

এমন উন্নয়ন দরকার—

- যা কর্মসংস্থান সৃষ্টি করবে।
- প্রকৃতিকে অযথা ধ্বংস করবে না।
- ভবিষ্যৎ প্রজন্মের অধিকার রক্ষা করবে।
- স্থানীয় মানুষের মতামতকে গুরুত্ব দেবে।

---

৪. গণঅংশগ্রহণ

পরিবেশ সংক্রান্ত বড় সিদ্ধান্তে স্থানীয় মানুষ, বিজ্ঞানী, কৃষক, শ্রমিক এবং নাগরিক সমাজের অংশগ্রহণ গুরুত্বপূর্ণ।

অন্যান্য দৃষ্টিভঙ্গি

পরিবেশ নিয়ে শুধু বামপন্থীদের নয়, উদারপন্থী, রক্ষণশীল, সবুজ (Green) রাজনৈতিক ধারা এবং বিভিন্ন আন্তর্জাতিক সংস্থারও নিজস্ব মত রয়েছে।

কেউ বাজারভিত্তিক সমাধানের ওপর জোর দেন, কেউ প্রযুক্তিগত উদ্ভাবনের ওপর, আবার কেউ রাষ্ট্রের কঠোর নিয়ন্ত্রণকে বেশি গুরুত্ব দেন।

বাস্তবে অনেক দেশ এই বিভিন্ন পদ্ধতির সমন্বয় করে পরিবেশনীতি তৈরি করে।

আমরা কী করতে পারি?

একজন সচেতন নাগরিক হিসেবে—

- গাছ লাগানো।
- অপ্রয়োজনীয় প্লাস্টিক ব্যবহার কমানো।
- পানি অপচয় রোধ।
- বিদ্যুৎ সাশ্রয়।
- গণপরিবহন ব্যবহার।
- বর্জ্য পৃথকীকরণ।
- নদী, পুকুর ও বন রক্ষা।
- পরিবেশ সম্পর্কে অন্যদের সচেতন করা।

ছোট ছোট পদক্ষেপও দীর্ঘমেয়াদে গুরুত্বপূর্ণ প্রভাব ফেলতে পারে।

বাস্তব উদাহরণ

ধরুন একটি গ্রামে একটি বড় শিল্পপ্রতিষ্ঠান গড়ে উঠল।

এর ফলে—

ইতিবাচক দিক:

- কর্মসংস্থান বাড়তে পারে।
- স্থানীয় ব্যবসার প্রসার হতে পারে।

- অবকাঠামো উন্নত হতে পারে।

নেতিবাচক ঝুঁকি:

- নদী দূষিত হতে পারে।
- কৃষিজমির ক্ষতি হতে পারে।
- স্থানীয় মানুষ স্থানচ্যুত হতে পারেন।
- বায়ুদূষণ বাড়তে পারে।

একটি দায়িত্বশীল নীতি হবে এমন, যেখানে উন্নয়ন ও পরিবেশ—দুইয়ের মধ্যে ভারসাম্য রক্ষা করা হয় এবং ক্ষতিগ্রস্ত মানুষের অধিকার বিবেচনা করা হয়।

পরিবেশ রক্ষা কোনো একক রাজনৈতিক মতাদর্শের বিষয় নয়; এটি মানবসভ্যতার ভবিষ্যতের প্রশ্ন। তবে বিভিন্ন রাজনৈতিক ধারা এর কারণ ও সমাধান ভিন্নভাবে ব্যাখ্যা করে।

বামপন্থী দৃষ্টিভঙ্গি পরিবেশকে সামাজিক ন্যায়, অর্থনৈতিক বৈষম্য এবং গণঅংশগ্রহণের সঙ্গে যুক্ত করে দেখতে চায়। অন্যদিকে অনেক নীতিনির্ধারক প্রযুক্তি, বাজার বা আন্তর্জাতিক সহযোগিতার ওপর বেশি গুরুত্ব দেন।

একটি টেকসই ভবিষ্যৎ গড়তে বিজ্ঞান, সংবিধান, গণতন্ত্র, পরিবেশ এবং সামাজিক ন্যায়—সবকিছুর মধ্যে সমন্বয় প্রয়োজন।

অধ্যায়ের সারসংক্ষেপ

- পরিবেশ, অর্থনীতি ও সমাজ পরস্পরের সঙ্গে গভীরভাবে সম্পর্কিত।
- জলবায়ু পরিবর্তন কৃষি, শ্রম, স্বাস্থ্য এবং জীবিকার ওপর উল্লেখযোগ্য প্রভাব ফেলতে পারে।
- গ্রিনহাউস গ্যাসের বৃদ্ধি বিশ্ব উষ্ণায়নের অন্যতম প্রধান কারণ।
- বামপন্থী দৃষ্টিভঙ্গি পরিবেশকে সামাজিক ন্যায়, বৈষম্য এবং গণঅংশগ্রহণের সঙ্গে যুক্ত করে।
- টেকসই উন্নয়ন মানে উন্নয়ন ও পরিবেশের মধ্যে ভারসাম্য রক্ষা করা।

অধ্যায়–১৩

ডিজিটাল যুগে তথ্য, ভুয়ো খবর ও রাজনৈতিক প্রচার

সত্য, প্রযুক্তি, গণতন্ত্র ও সচেতন নাগরিকের ভূমিকা

"তথ্যই শক্তি। কিন্তু ভুল তথ্য, অর্ধসত্য বা ভুয়ো খবর সমাজকে বিভক্ত করতে পারে। তাই তথ্যের যুগে সবচেয়ে বড় দায়িত্ব হলো—সত্য যাচাই করে মত গঠন করা।"

ভূমিকা

একসময় খবর জানার প্রধান মাধ্যম ছিল সংবাদপত্র, রেডিও এবং টেলিভিশন।

আজ পরিস্থিতি সম্পূর্ণ বদলে গেছে।

এখন—

- মোবাইল ফোন,
- ফেসবুক,
- হোয়াটসঅ্যাপ,
- ইউটিউব,
- এক্স (Twitter),
- ইনস্টাগ্রাম,
- টেলিগ্রাম,

এবং অন্যান্য ডিজিটাল মাধ্যমে কয়েক সেকেন্ডের মধ্যে কোটি কোটি মানুষের কাছে তথ্য পৌঁছে যায়।

এই পরিবর্তন যেমন মানুষের হাতে তথ্যের ক্ষমতা এনে দিয়েছে, তেমনি ভুয়ো খবর, গুজব, ঘৃণামূলক প্রচার এবং বিভ্রান্তির ঝুঁকিও অনেক বাড়িয়েছে।

তাই একজন সচেতন নাগরিকের সবচেয়ে বড় দায়িত্ব হলো—**যে কোনো তথ্য বিশ্বাস করার আগে তা যাচাই করা।**

তথ্য (INFORMATION) কী?

তথ্য হলো এমন কোনো সংবাদ, উপাত্ত বা বিবরণ যা বাস্তব ঘটনা, গবেষণা, পর্যবেক্ষণ বা নির্ভরযোগ্য উৎসের ভিত্তিতে উপস্থাপিত হয়।

উদাহরণ—

ভারতের জনগণনা, সরকারি পরিসংখ্যান, আদালতের রায়, বৈজ্ঞানিক গবেষণা, সংসদে উপস্থাপিত নথি বা নির্ভরযোগ্য সংবাদমাধ্যমে যাচাইকৃত প্রতিবেদন—এসব তথ্যের উদাহরণ হতে পারে।

মতামত (OPINION) ও তথ্য (FACT)-এর পার্থক্য

অনেকেই এই দুটি বিষয়কে গুলিয়ে ফেলেন।

তথ্য

"আজ কলকাতায় ৫০ মিলিমিটার বৃষ্টি হয়েছে।"

এটি যাচাই করা যায়।

মতামত

"আজকের আবহাওয়া খুব সুন্দর।"

এটি ব্যক্তিগত অনুভূতি।

সুতরাং, তথ্য ও মতামত এক নয়।

ভুয়ো খবর (FAKE NEWS) কী?

ভুয়ো খবর হলো এমন তথ্য যা—

- সম্পূর্ণ মিথ্যা,
- অথবা সত্যের বিকৃত রূপ,
- অথবা প্রসঙ্গ বদলে উপস্থাপন করা হয়েছে,
- অথবা পুরোনো ঘটনাকে নতুন বলে ছড়ানো হয়েছে,
- অথবা ছবি বা ভিডিও সম্পাদনা করে বিভ্রান্তিকরভাবে প্রকাশ করা হয়েছে।

এর উদ্দেশ্য হতে পারে—

- মানুষকে বিভ্রান্ত করা,
- রাজনৈতিক প্রভাব সৃষ্টি,
- সামাজিক উত্তেজনা বাড়ানো,

- আর্থিক প্রতারণা,
- বা শুধুমাত্র বেশি দর্শক (ক্লিক) পাওয়া।

ভুয়ো খবর কীভাবে তৈরি হয়?

১. পুরোনো ছবি নতুন ঘটনার নামে

ধরুন, পাঁচ বছর আগের বন্যার ছবি আজকের বলে প্রচার করা হলো।

মানুষ ভাবতে পারে ঘটনাটি এখনই ঘটেছে।

---

২. সম্পাদিত ভিডিও

ভিডিওর একটি ছোট অংশ কেটে এমনভাবে দেখানো হলো যাতে সম্পূর্ণ ভিন্ন অর্থ দাঁড়ায়।

---

৩. ভুয়ো উদ্‌ধৃতি

কোনো নেতা, বিচারপতি, বিজ্ঞানী বা অভিনেতার নামে এমন কথা প্রচার করা হলো যা তিনি কখনো বলেননি।

---

৪. ভুয়ো পরিসংখ্যান

কোনো উৎস ছাড়া সংখ্যা ব্যবহার করে দাবি করা হলো—

"দেশে ৯০% মানুষ অমুক বিষয় সমর্থন করেন।"

কিন্তু কোনো গবেষণার প্রমাণ নেই।

উদাহরণ–১:

একটি হোয়াটসঅ্যাপ বার্তা

আপনার ফোনে একটি বার্তা এলো—

"আজ রাত ১২টার পর সরকার সব ব্যাংক অ্যাকাউন্ট বন্ধ করে দেবে। এখনই এই মেসেজ ২০ জনকে পাঠান।"

অনেকে যাচাই না করেই বার্তাটি ছড়িয়ে দিলেন।

পরে দেখা গেল খবরটি সম্পূর্ণ মিথ্যা।

এই ধরনের গুজব অযথা আতঙ্ক সৃষ্টি করতে পারে।

উদাহরণ–২:

একটি সম্পাদিত ভিডিও

একজন রাজনৈতিক নেতা ৩০ মিনিটের বক্তৃতা দিলেন।

কেউ সেই বক্তৃতার মাত্র ১০ সেকেন্ড কেটে এমনভাবে ছড়ালেন, যাতে তাঁর বক্তব্যের অর্থ সম্পূর্ণ বদলে যায়।

যারা পুরো বক্তৃতা দেখেননি, তারা ভুল ধারণা তৈরি করতে পারেন।

উদাহরণ–৩:

পুরোনো ছবি

একটি ভবন ধসে পড়ার ছবি সামাজিক মাধ্যমে ভাইরাল হলো।

লেখা হলো—

"আজকের ঘটনা।"

পরে দেখা গেল ছবিটি কয়েক বছর আগের এবং অন্য দেশের।

রাজনৈতিক প্রচার (POLITICAL PROPAGANDA) কী?

রাজনৈতিক প্রচার বলতে এমন যোগাযোগ বা প্রচারকে বোঝায় যার উদ্দেশ্য মানুষের রাজনৈতিক মতামত, সমর্থন বা আচরণকে প্রভাবিত করা।

প্রচার সবসময় নেতিবাচক নয়।

একটি রাজনৈতিক দল—

- নিজের কর্মসূচি জানাতে পারে,
- নীতি ব্যাখ্যা করতে পারে,
- ভোট চাইতে পারে।

এগুলো গণতান্ত্রিক রাজনীতির স্বাভাবিক অংশ।

কিন্তু যদি প্রচারে ইচ্ছাকৃতভাবে মিথ্যা তথ্য, বিদ্বেষ বা বিভ্রান্তিকর উপাদান ব্যবহার করা হয়, তাহলে তা গণতন্ত্রের জন্য ক্ষতিকর হতে পারে।

প্রচারের বিভিন্ন কৌশল

১. আবেগের ব্যবহার

ভয়, রাগ, গর্ব বা আশা—এসব আবেগকে লক্ষ্য করে বার্তা তৈরি করা।

২. বারবার একই কথা বলা

একটি দাবি বারবার প্রচার করলে অনেক মানুষ সেটিকে সত্য বলে ধরে নিতে পারেন, যদিও তা যাচাই করা হয়নি।

৩. অর্ধসত্য

কিছু সত্য তথ্যের সঙ্গে গুরুত্বপূর্ণ তথ্য গোপন করে এমন ধারণা তৈরি করা যা বিভ্রান্তিকর হতে পারে।

৪. ব্যক্তি আক্রমণ

কোনো নীতির সমালোচনার বদলে ব্যক্তিগত আক্রমণ বা অপমানকে কেন্দ্র করে প্রচার চালানো।

সামাজিক মাধ্যমের অ্যালগরিদম

ফেসবুক, ইউটিউব বা অন্যান্য ডিজিটাল প্ল্যাটফর্মে অ্যালগরিদম এমন বিষয়বস্তু

বেশি দেখাতে পারে যা ব্যবহারকারীর আগ্রহের সঙ্গে মেলে।

ফলে অনেক সময় মানুষ এমন একটি তথ্য-পরিবেশে (Echo Chamber) অবস্থান করেন, যেখানে নিজের মতের সঙ্গে মিল আছে এমন তথ্যই বেশি দেখা যায়।

এর ফলে ভিন্ন মত বা নতুন তথ্যের সঙ্গে পরিচিত হওয়ার সুযোগ কমে যেতে পারে।

একজন সচেতন নাগরিক কী করবেন?

১. উৎস দেখুন

খবরটি কোথা থেকে এসেছে?

সরকারি নথি?

বিশ্বস্ত সংবাদমাধ্যম?

গবেষণা প্রতিষ্ঠান?

নাকি অচেনা কোনো সামাজিক মাধ্যমের পোস্ট?

---

২. একাধিক উৎসে মিলিয়ে দেখুন

একটি উৎসে দেখেই সিদ্ধান্ত নেবেন না।

---

৩. তারিখ দেখুন

পুরোনো খবর নতুন ঘটনার নামে ছড়ানো হতে পারে।

---

৪. ছবি বা ভিডিও যাচাই করুন

একটি ছবি বা ভিডিও সম্পূর্ণ প্রেক্ষাপট ছাড়া বিভ্রান্তিকর হতে পারে।

---

৫. আবেগ নিয়ন্ত্রণ করুন

যে খবর আপনাকে খুব রাগান্বিত বা উত্তেজিত করছে, সেটিই আগে যাচাই করুন।

ভুয়ো খবর প্রায়ই মানুষের আবেগকে লক্ষ্য করে তৈরি হয়।

৬. শেয়ার করার আগে ভাবুন

নিজেকে প্রশ্ন করুন—

- আমি কি নিশ্চিত?
- উৎস কী?
- এটি শেয়ার করলে কারও ক্ষতি হতে পারে কি?

বামপন্থী দৃষ্টিভঙ্গি

বামপন্থী চিন্তায় তথ্য, শিক্ষা, বৈজ্ঞানিক মনোভাব এবং সমালোচনামূলক চিন্তার ওপর বিশেষ গুরুত্ব দেওয়া হয়।

এই দৃষ্টিভঙ্গি অনুযায়ী—

- মানুষকে তথ্যভিত্তিক সিদ্ধান্ত নিতে হবে।
- গুজব ও কুসংস্কারের বিরোধিতা করতে হবে।
- সংবাদমাধ্যমের স্বাধীনতা ও মতপ্রকাশের স্বাধীনতা গণতন্ত্রের জন্য গুরুত্বপূর্ণ।
- একই সঙ্গে তথ্য প্রচারে দায়িত্বশীলতা ও জবাবদিহিও জরুরি।

তবে এই প্রশ্নে শুধু বামপন্থী নয়; গণতান্ত্রিক সমাজের বিভিন্ন রাজনৈতিক ধারা ও মানবাধিকার সংগঠনও তথ্যের স্বচ্ছতা, সংবাদমাধ্যমের স্বাধীনতা এবং ভুয়ো খবর মোকাবিলার গুরুত্ব স্বীকার করে।

বাস্তব জীবনের একটি উদাহরণ

ধরুন একটি কারখানায় গুজব ছড়াল—

"আগামীকাল থেকে কারখানা বন্ধ হয়ে যাবে।"

কোনো সরকারি নোটিশ নেই।

কোনো কর্তৃপক্ষও কিছু জানায়নি।

অনেকে আতঙ্কে কাজ ছেড়ে চলে গেলেন।

পরে দেখা গেল খবরটি সম্পূর্ণ মিথ্যা।

যদি শ্রমিকরা আগে কর্তৃপক্ষ, ইউনিয়ন বা সরকারি বিজ্ঞপ্তি থেকে তথ্য যাচাই করতেন, তাহলে অযথা আতঙ্ক সৃষ্টি হতো না।

এই একই শিক্ষা সামাজিক মাধ্যমের ক্ষেত্রেও প্রযোজ্য।

গণতন্ত্রে তথ্যের গুরুত্ব

গণতন্ত্রে ভোট দেওয়া, মত প্রকাশ করা বা কোনো নীতি সমর্থন বা বিরোধিতা করা—সবকিছুর ভিত্তি হওয়া উচিত সঠিক তথ্য।

যদি নাগরিকেরা ভুল তথ্যের ভিত্তিতে সিদ্ধান্ত নেন, তাহলে গণতান্ত্রিক প্রক্রিয়াও ক্ষতিগ্রস্ত হতে পারে।

তাই তথ্য যাচাই করা শুধু ব্যক্তিগত অভ্যাস নয়; এটি একটি গণতান্ত্রিক দায়িত্ব।

ডিজিটাল যুগে তথ্যের গতি আগের যেকোনো সময়ের তুলনায় অনেক বেশি। এই গতি যেমন জ্ঞান ছড়ানোর সুযোগ তৈরি করেছে, তেমনি ভুয়ো খবর ও বিভ্রান্তিও দ্রুত ছড়ায়।

একজন সচেতন নাগরিক, ছাত্র, শ্রমিক, কৃষক বা রাজনৈতিক কর্মীর উচিত—

- তথ্য যাচাই করা,
- যুক্তি দিয়ে চিন্তা করা,
- ভিন্ন মত শুনতে শেখা,
- প্রমাণের ভিত্তিতে সিদ্ধান্ত নেওয়া,
- এবং কখনোই শুধু আবেগ বা গুজবের ভিত্তিতে মত গঠন না করা।

সত্যের প্রতি দায়বদ্ধতা একটি সুস্থ গণতন্ত্রের অন্যতম ভিত্তি।

অধ্যায়ের সারসংক্ষেপ

- তথ্য, মতামত ও ভুয়ো খবর এক জিনিস নয়।
- ভুয়ো খবর বিভিন্ন কৌশলে ছড়ানো হতে পারে।
- রাজনৈতিক প্রচার গণতন্ত্রের অংশ, তবে তা বিভ্রান্তিকর তথ্যের ওপর নির্ভর করা উচিত নয়।
- সামাজিক মাধ্যমের অ্যালগরিদম তথ্য দেখার ধরনকে প্রভাবিত করতে পারে।
- তথ্য যাচাই, সমালোচনামূলক চিন্তা এবং দায়িত্বশীল আচরণ ডিজিটাল যুগের অপরিহার্য নাগরিক দক্ষতা।

অধ্যায়– ১৪

একজন কমিউনিস্ট কর্মীর নৈতিকতা, শৃঙ্খলা ও জনসংযোগ

আদর্শ, চরিত্র ও জনগণের প্রতি দায়বদ্ধতা

"একজন কমিউনিস্টের প্রকৃত পরিচয় তার ভাষণে নয়, তার চরিত্রে; তার স্লোগানে নয়, তার কাজে; তার পদে নয়, মানুষের বিশ্বাসে।"

ভূমিকা

কমিউনিজম শুধু একটি রাজনৈতিক মতবাদ নয়; এটি এমন একটি আদর্শ, যা শোষণহীন, বৈষম্যহীন এবং ন্যায়ভিত্তিক সমাজের স্বপ্ন দেখে। কিন্তু শুধু সেই আদর্শে বিশ্বাস করলেই একজন ভালো কমিউনিস্ট কর্মী হওয়া যায় না।

একজন চিকিৎসক হতে যেমন দীর্ঘ শিক্ষা, অনুশীলন এবং নৈতিকতা প্রয়োজন, তেমনি একজন কমিউনিস্ট কর্মীরও প্রয়োজন—

- আদর্শগত শিক্ষা,
- ব্যক্তিগত সততা,
- সাংগঠনিক শৃঙ্খলা,
- মানুষের প্রতি শ্রদ্ধা,

- আত্মসমালোচনার ক্ষমতা,
- এবং জনগণের সঙ্গে জীবন্ত সম্পর্ক।

ইতিহাসে বিভিন্ন দেশের বামপন্থী নেতারা বারবার বলেছেন—জনগণের আস্থা অর্জন করা যায় কেবল ধারাবাহিক কাজ, সৎ আচরণ এবং জবাবদিহির মাধ্যমে।

নৈতিকতা (ETHICS) কী?

নৈতিকতা হলো এমন নীতি ও মূল্যবোধ, যা একজন মানুষকে সঠিক ও দায়িত্বশীল আচরণ করতে সাহায্য করে।

একজন রাজনৈতিক কর্মীর নৈতিকতা কেবল ব্যক্তিগত জীবনে নয়; সংগঠন, সহকর্মী, বিরোধী মতের মানুষ এবং সাধারণ নাগরিক—সবার সঙ্গে তাঁর আচরণেও প্রতিফলিত হয়।

একজন কমিউনিস্ট কর্মীর মৌলিক নৈতিক গুণাবলি

১. সততা

সততা হলো সবচেয়ে বড় রাজনৈতিক শক্তি।

যদি একজন কর্মী মানুষের সঙ্গে মিথ্যা বলেন, তথ্য গোপন করেন বা ব্যক্তিগত লাভকে অগ্রাধিকার দেন, তবে মানুষের বিশ্বাস নষ্ট হয়।

উদাহরণ

একটি রাস্তা নির্মাণের কাজে সমস্যা হয়েছে।

কর্মী যদি বাস্তব সমস্যা স্বীকার করে সমাধানের চেষ্টা করেন, তবে মানুষ তাঁর ওপর আস্থা রাখতে পারেন।

কিন্তু যদি তিনি মিথ্যা প্রতিশ্রুতি দেন, আস্থা দ্রুত হারিয়ে যাবে।

---

২. জনগণের সেবা

কমিউনিস্ট ধারায় প্রায়ই বলা হয়—রাজনীতি ক্ষমতার জন্য নয়, মানুষের সেবার জন্য।

এর অর্থ—

- মানুষের কথা শোনা,
- সমস্যার সমাধানের চেষ্টা করা,
- দুর্বল মানুষের পাশে দাঁড়ানো,
- এবং নিজের সুবিধার আগে জনস্বার্থকে গুরুত্ব দেওয়া।

---

৩. সমতা ও সম্মান

একজন কমিউনিস্ট কর্মীর কাছে—

- শ্রমিক,
- কৃষক,
- শিক্ষক,
- ব্যবসায়ী,
- নারী,

- পুরুষ,
- ভিন্ন ধর্মাবলম্বী,
- ভিন্ন জাতিগত বা সামাজিক পরিচয়ের মানুষ—

সকলের মর্যাদা সমান হওয়া উচিত।

শৃঙ্খলা কেন গুরুত্বপূর্ণ?

সংগঠন একসঙ্গে কাজ করার একটি পদ্ধতি।

যদি প্রত্যেকে নিজের ইচ্ছামতো কাজ করেন, তাহলে সংগঠন দুর্বল হয়ে পড়ে।

তাই শৃঙ্খলা মানে অন্ধ আনুগত্য নয়; বরং—

- নির্ধারিত দায়িত্ব পালন,
- সময়ানুবর্তিতা,
- যৌথ সিদ্ধান্তকে সম্মান করা,
- এবং মতভেদ থাকলেও সংগঠনের নিয়ম অনুযায়ী আলোচনা করা।

আত্মসমালোচনা

বামপন্থী ঐতিহ্যে আত্মসমালোচনা একটি গুরুত্বপূর্ণ ধারণা।

এর অর্থ—

নিজের ভুল স্বীকার করা।

ভুল থেকে শিক্ষা নেওয়া।

একই ভুল বারবার না করা।

উদাহরণ

একটি গণসভায় কর্মী মানুষের অভিযোগ গুরুত্ব দেননি।

পরে তিনি বুঝলেন এটি ভুল ছিল।

তিনি পরের সভায় ক্ষমা চেয়ে মানুষের কথা মনোযোগ দিয়ে শুনলেন।

এটাই আত্মসমালোচনার ইতিবাচক উদাহরণ।

অহংকার নয়, বিনয়

রাজনীতিতে দীর্ঘদিন কাজ করলে অনেকেই মনে করতে পারেন—

"আমি সব জানি।"

এই মনোভাব বিপজ্জনক।

একজন ভালো কর্মী সবসময়—

- নতুন তথ্য শেখেন,
- মানুষের কাছ থেকে শিক্ষা নেন,
- নিজের ভুল সংশোধন করেন।

জনসংযোগ (MASS CONTACT) কী?

জনসংযোগ মানে শুধু ভোটের আগে মানুষের কাছে যাওয়া নয়।

বরং মানুষের সঙ্গে দীর্ঘমেয়াদি সম্পর্ক গড়ে তোলা।

একজন ভালো কর্মী কীভাবে জনসংযোগ করবেন?

১. মানুষের কথা শুনবেন

অনেক রাজনৈতিক কর্মী শুধু বক্তৃতা দেন।

কিন্তু একজন আদর্শ কর্মী আগে শুনবেন।

কারণ—

সমস্যা না শুনলে সমাধানও সম্ভব নয়।

---

২. তথ্য নিয়ে কথা বলবেন

যে কোনো দাবি করার আগে—

- তথ্য,
- সরকারি নথি,
- গবেষণা,
- বাস্তব অভিজ্ঞতা—

এসবের ওপর নির্ভর করা উচিত।

---

৩. ভিন্ন মতকে সম্মান করবেন

গণতন্ত্রে সবাই একমত হবেন না।

কেউ সমর্থন করবেন।

কেউ সমালোচনা করবেন।

একজন কমিউনিস্ট কর্মীর উচিত—

সমালোচনা শুনতে শেখা।

ব্যক্তিগত আক্রমণ না করা।

যুক্তি দিয়ে উত্তর দেওয়া।

বাস্তব উদাহরণ

ধরুন একটি গ্রামে পানীয় জলের সমস্যা হয়েছে।

দুই ধরনের কর্মী দেখা গেল।

প্রথম কর্মী

- ছবি তুলে সামাজিক মাধ্যমে পোস্ট করলেন।
- সরকারের সমালোচনা করলেন।
- তারপর আর ফিরলেন না।

দ্বিতীয় কর্মী

- মানুষের সঙ্গে বৈঠক করলেন।
- সমস্যার কারণ জানলেন।
- সংশ্লিষ্ট দপ্তরে আবেদন করলেন।
- অগ্রগতি সম্পর্কে মানুষকে জানালেন।
- সমাধান না হওয়া পর্যন্ত যোগাযোগ রাখলেন।

দ্বিতীয় কর্মীর প্রতি মানুষের আস্থা বেশি হওয়ার সম্ভাবনা থাকে, কারণ তিনি শুধু বক্তব্য দেননি, সমস্যার সমাধানের প্রক্রিয়ায় অংশ নিয়েছেন।

রাজনৈতিক মতভেদে আচরণ

একজন কমিউনিস্ট কর্মীর উচিত—

- বিরোধী মতকে শত্রু মনে না করা।
- ব্যক্তিগত অপমান এড়ানো।
- সহিংসতার পরিবর্তে গণতান্ত্রিক উপায়ে মত প্রকাশ করা।
- যুক্তি, তথ্য ও সংলাপকে গুরুত্ব দেওয়া।

ব্যক্তিগত জীবন কেমন হওয়া উচিত?

ইতিহাসে বহু বামপন্থী নেতা ব্যক্তিগত সরলতা, পরিশ্রম ও শৃঙ্খলার জন্য পরিচিত ছিলেন।

তবে ব্যক্তি ভেদে জীবনযাত্রা ভিন্ন হতে পারে।

মূল বিষয় হলো—

- সততা,
- স্বচ্ছতা,
- দায়িত্বশীলতা,
- এবং জনসম্পদের প্রতি সম্মান।

ডিজিটাল যুগে একজন কমিউনিস্ট কর্মীর দায়িত্ব

আজকের দিনে রাজনৈতিক কাজ শুধু মাঠে নয়, অনলাইনেও হয়।

তাই একজন সচেতন কর্মীর উচিত—

- ভুয়ো খবর যাচাই না করে শেয়ার না করা।
- ঘৃণামূলক ভাষা ব্যবহার না করা।
- তথ্যের উৎস উল্লেখ করা।
- ভিন্ন মতের মানুষের সঙ্গে শালীন ভাষায় আলোচনা করা।
- ব্যক্তিগত তথ্যের গোপনীয়তা সম্মান করা।

একজন আদর্শ কমিউনিস্ট কর্মীর দশটি গুণ

১. সততা।

২. মানুষের প্রতি শ্রদ্ধা।

৩. নিয়মিত অধ্যয়নের অভ্যাস।

৪. আত্মসমালোচনার ক্ষমতা।

৫. সাংগঠনিক শৃঙ্খলা।

৬. তথ্যভিত্তিক বক্তব্য।

৭. সময়ানুবর্তিতা।

৮. জনসেবার মনোভাব।

৯. গণতান্ত্রিক আচরণ।

১০. ধৈর্য ও সহমর্মিতা।

কী করা উচিত নয়?

একজন দায়িত্বশীল রাজনৈতিক কর্মীর উচিত নয়—

- গুজব ছড়ানো।
- ধর্ম, জাত বা লিঙ্গের ভিত্তিতে ঘৃণা উসকে দেওয়া।
- ব্যক্তিগত লাভের জন্য রাজনীতি ব্যবহার করা।
- দুর্নীতি বা স্বজনপ্রীতিকে সমর্থন করা।
- সহিংসতাকে উৎসাহিত করা।
- সমালোচনা সহ্য করতে না পারা।

একজন কমিউনিস্ট কর্মীর শক্তি তাঁর পদে নয়, মানুষের বিশ্বাসে। সেই বিশ্বাস গড়ে ওঠে সততা, শৃঙ্খলা, অধ্যয়ন, আত্মসমালোচনা এবং মানুষের পাশে থাকার মধ্য দিয়ে।

যে কর্মী মানুষের সমস্যা বোঝেন, তথ্যভিত্তিক কথা বলেন, ভিন্ন মতকে সম্মান করেন এবং জনস্বার্থকে অগ্রাধিকার দেন, তিনি শুধু একজন ভালো কমিউনিস্ট কর্মীই নন—একজন দায়িত্বশীল গণতান্ত্রিক নাগরিকও।

অধ্যায়ের সারসংক্ষেপ

- কমিউনিস্ট কর্মীর প্রধান শক্তি হলো নৈতিকতা ও জনগণের আস্থা।

- শৃঙ্খলা মানে অন্ধ আনুগত্য নয়; দায়িত্বশীল ও গণতান্ত্রিক সাংগঠনিক আচরণ।

- জনসংযোগ মানে মানুষের সঙ্গে স্থায়ী সম্পর্ক গড়ে তোলা এবং তাঁদের সমস্যা মনোযোগ দিয়ে শোনা।

- আত্মসমালোচনা, সততা এবং তথ্যভিত্তিক রাজনীতি দীর্ঘমেয়াদে বিশ্বাসযোগ্যতা তৈরি করে।

- ডিজিটাল যুগে দায়িত্বশীল আচরণ, ভুয়ো খবর এড়ানো এবং শালীন ভাষা ব্যবহার রাজনৈতিক কর্মীর গুরুত্বপূর্ণ কর্তব্য।

অধ্যায়–১৫

সমালোচনা, আত্মসমালোচনা ও মতভেদ সামলানোর পদ্ধতি

শেখার সংস্কৃতি, সংগঠনের শক্তি ও গণতান্ত্রিক চর্চা

"যে ব্যক্তি নিজের ভুল দেখতে শেখে, সে-ই সবচেয়ে বেশি এগিয়ে যেতে পারে। যে সংগঠন সমালোচনা শুনতে শেখে, সেই সংগঠনই দীর্ঘদিন টিকে থাকে।"

ভূমিকা

প্রত্যেক মানুষ ভুল করে।

প্রত্যেক সংগঠনও ভুল করে।

প্রত্যেক রাজনৈতিক দল, সরকার, সামাজিক আন্দোলন, প্রতিষ্ঠান, এমনকি একটি পরিবারও কখনও না কখনও ভুল সিদ্ধান্ত নিতে পারে।

প্রশ্ন হলো—

ভুল হওয়া নয়, ভুলের পরে আমরা কী করি?

যদি আমরা ভুল অস্বীকার করি, সমালোচনাকারীকে শত্রু মনে করি বা

নিজের সীমাবদ্ধতা স্বীকার না করি, তাহলে ব্যক্তি ও সংগঠন—দু'টিই দুর্বল হয়ে পড়ে।

অন্যদিকে, যদি আমরা তথ্য, যুক্তি এবং অভিজ্ঞতার ভিত্তিতে নিজেদের মূল্যায়ন করি, তাহলে সেই ভুল থেকেই উন্নতির পথ তৈরি হয়।

এই কারণেই বামপন্থী রাজনৈতিক ঐতিহ্যে **সমালোচনা (Criticism)** এবং **আত্মসমালোচনা (Self-Criticism)** গুরুত্বপূর্ণ শিক্ষণ-পদ্ধতি হিসেবে আলোচিত হয়েছে। একই সঙ্গে গণতান্ত্রিক সমাজে ভিন্নমতকে সম্মান করা এবং মতভেদকে শান্তিপূর্ণভাবে সামলানোও সমান জরুরি।

সমালোচনা কী?

সমালোচনা মানে কাউকে অপমান করা নয়।

সমালোচনা হলো—

কোনো কাজ, সিদ্ধান্ত, নীতি বা আচরণের শক্তি ও দুর্বলতাকে তথ্য, যুক্তি এবং প্রমাণের ভিত্তিতে বিশ্লেষণ করা।

একটি ভালো সমালোচনার উদ্দেশ্য হওয়া উচিত—

- ভুল চিহ্নিত করা,
- উন্নতির পথ দেখানো,
- এবং ভালো সিদ্ধান্তে পৌঁছাতে সাহায্য করা।

উদাহরণ

একটি গ্রামে পানীয় জলের প্রকল্প নেওয়া হলো।

ছয় মাস পরে দেখা গেল—

- কিছু বাড়িতে পানি পৌঁছাচ্ছে।
- কিছু বাড়িতে পৌঁছাচ্ছে না।

একজন সচেতন ব্যক্তি যদি বলেন—

"এই প্রকল্পের উদ্দেশ্য ভালো ছিল, কিন্তু পাইপলাইনের নকশায় সমস্যা হয়েছে। এটি সংশোধন করা দরকার।"

এটি গঠনমূলক সমালোচনা।

কিন্তু যদি কেউ বলেন—

"যারা এই কাজ করেছে তারা সবাই অযোগ্য।"

কোনো তথ্য বা বিশ্লেষণ ছাড়া এমন মন্তব্য গঠনমূলক সমালোচনা নয়; এটি সাধারণীকরণ।

গঠনমূলক সমালোচনা ও ধ্বংসাত্মক সমালোচনার পার্থক্য

গঠনমূলক সমালোচনা	ধ্বংসাত্মক সমালোচনা
তথ্যের ভিত্তিতে হয়	গুজব বা আবেগের ভিত্তিতে হতে পারে
সমাধানের পথ দেখায়	শুধু দোষারোপ করে
ব্যক্তি নয়, কাজ বা নীতিকে মূল্যায়ন করে	ব্যক্তিগত আক্রমণে পরিণত হয়
শেখার সুযোগ তৈরি করে	সম্পর্ক নষ্ট করে

আত্মসমালোচনা কী?

আত্মসমালোচনা হলো—

নিজের কাজ, সিদ্ধান্ত ও আচরণকে সৎভাবে মূল্যায়ন করা।

এর অর্থ—

- নিজের ভুল স্বীকার করা।
- সেই ভুলের কারণ বোঝা।
- ভবিষ্যতে একই ভুল না করার চেষ্টা করা।

আত্মসমালোচনা আত্মবিশ্বাস কমায় না; বরং পরিণত ও দায়িত্বশীল মানুষ হওয়ার ভিত্তি তৈরি করে।

বাস্তব উদাহরণ

একজন রাজনৈতিক কর্মী একটি সভার আয়োজন করলেন।

কিন্তু তিনি আগে স্থানীয় মানুষের সুবিধা-অসুবিধা জানলেন না।

ফলে খুব কম মানুষ উপস্থিত হলেন।

তিনি যদি বলেন—

"মানুষের কোনো আগ্রহ নেই।"

তাহলে তিনি নিজের ভূমিকা পর্যালোচনা করছেন না।

কিন্তু যদি তিনি ভাবেন—

- সময় কি ঠিক ছিল?
- আগে কি যথেষ্ট যোগাযোগ করেছি?
- মানুষের প্রয়োজন কি বুঝতে পেরেছি?

তাহলে সেটি আত্মসমালোচনার ইতিবাচক উদাহরণ।

কেন আত্মসমালোচনা জরুরি?

১. অহংকার কমায়

যে মানুষ মনে করেন তিনি কখনো ভুল করেন না, তাঁর শেখার সুযোগ কমে যায়।

---

২. বিশ্বাসযোগ্যতা বাড়ায়

ভুল স্বীকার করার সাহস মানুষের আস্থা বাড়ায়।

---

৩. সংগঠনকে শক্তিশালী করে

ভুল থেকে শিক্ষা নিলে একই সমস্যা বারবার হয় না।

---

৪. নতুন চিন্তার সুযোগ দেয়

আত্মসমালোচনা মানুষকে নতুন তথ্য ও অভিজ্ঞতা গ্রহণে উৎসাহিত করে।

মতভেদ কী?

মতভেদ (Difference of Opinion) হলো—

একই বিষয় সম্পর্কে দুই বা ততোধিক ব্যক্তি বা গোষ্ঠীর ভিন্ন মত থাকা।

গণতন্ত্রে মতভেদ স্বাভাবিক।

সব মানুষ একইভাবে ভাববেন—এমন প্রত্যাশা বাস্তবসম্মত নয়।

মতভেদ কেন হয়?

- তথ্যের পার্থক্য।
- অভিজ্ঞতার পার্থক্য।
- মূল্যবোধের পার্থক্য।
- অগ্রাধিকারের পার্থক্য।
- নীতিগত অবস্থানের পার্থক্য।

মতভেদ মানেই শত্রুতা নয়।

উদাহরণ

একটি শহরে নতুন রাস্তা নির্মাণের পরিকল্পনা হলো।

একটি দল বলছে—

রাস্তা হলে যানজট কমবে।

অন্য দল বলছে—

গাছ কাটা পড়বে, তাই বিকল্প পরিকল্পনা দরকার।

দুই পক্ষের উদ্বেগ ভিন্ন।

সমাধান হতে পারে—

এমন নকশা তৈরি করা যাতে রাস্তা হয়, আবার যতটা সম্ভব গাছও রক্ষা পায়।

এটাই গণতান্ত্রিক আলোচনার লক্ষ্য

মতভেদ কীভাবে সামলাবেন?

১. আগে শুনুন

অনেক সময় মানুষ উত্তর দেওয়ার জন্য শোনেন।

কিন্তু বোঝার জন্য শোনেন না।
একজন দায়িত্বশীল কর্মীর প্রথম কাজ—
মনোযোগ দিয়ে শোনা।

---

২. তথ্য ব্যবহার করুন

মত প্রকাশের সময়—

- গবেষণা,
- সরকারি তথ্য,
- বাস্তব অভিজ্ঞতা,
- যুক্তি—

এসব ব্যবহার করুন।

---

৩. ব্যক্তিকে নয়, বিষয়কে কেন্দ্র করুন

বলুন—
"এই নীতির এই অংশটি কার্যকর নয়।"
বলবেন না—
"আপনি কিছুই বোঝেন না।"

---

৪. ভুল হলে স্বীকার করুন

ভুল স্বীকার করা দুর্বলতা নয়।
এটি সততার পরিচয়।

---

৫. সমঝোতার সুযোগ খুঁজুন

সব মতভেদে একজন জিতবেন, আর একজন হারবেন—এমন নয়।

অনেক ক্ষেত্রে আলোচনার মাধ্যমে এমন সমাধান পাওয়া যায়, যা সবার উদ্বেগের কিছুটা হলেও সমাধান করে।

সংগঠনের ভেতরে মতভেদ

যে কোনো বড় সংগঠনে বিভিন্ন মত থাকা স্বাভাবিক।

গুরুত্বপূর্ণ হলো—

- মত প্রকাশের সুযোগ থাকা।
- ভিন্নমতকে সম্মান করা।
- নির্ধারিত নিয়মে আলোচনা করা।
- সিদ্ধান্তের পরে সংগঠনের শৃঙ্খলা বজায় রাখা, যদি না তা আইন বা নৈতিকতার বিরুদ্ধে যায়।

সমালোচনা করার নৈতিক নিয়ম

একজন দায়িত্বশীল কর্মীর উচিত—

- তথ্য যাচাই করা।
- ব্যক্তিগত অপমান না করা।
- বিদ্বেষপূর্ণ ভাষা ব্যবহার না করা।

- গোপন তথ্য অযথা ছড়ানো থেকে বিরত থাকা।
- সমাধানের প্রস্তাব দেওয়া।

ডিজিটাল যুগে সমালোচনা

সামাজিক মাধ্যমে মুহূর্তের মধ্যে লক্ষ লক্ষ মানুষ একটি মন্তব্য দেখতে পারেন।

তাই—

- যাচাই না করা তথ্য শেয়ার করবেন না।
- উত্তেজিত হয়ে অপমানজনক ভাষা ব্যবহার করবেন না।
- সম্পাদিত ভিডিও বা বিভ্রান্তিকর ছবি দেখে সিদ্ধান্ত নেবেন না।
- মতভেদকে ঘৃণায় পরিণত হতে দেবেন না।

বামপন্থী ঐতিহ্যে সমালোচনা ও আত্মসমালোচনা

বিভিন্ন বামপন্থী ধারায় সমালোচনা ও আত্মসমালোচনাকে সংগঠন ও ব্যক্তির উন্নতির একটি পদ্ধতি হিসেবে দেখা হয়েছে।

তবে বাস্তবে এই নীতি কতটা সফলভাবে অনুসরণ করা হয়েছে, তা বিভিন্ন সংগঠন, সময় ও দেশের অভিজ্ঞতায় ভিন্ন। তাই এই ধারণাগুলিকে কেবল তাত্ত্বিকভাবে নয়,

বাস্তব অভিজ্ঞতার আলোতেও মূল্যায়ন করা জরুরি।

একজন আদর্শ কর্মীর আচরণ

একজন সচেতন রাজনৈতিক কর্মী—

- সমালোচনা শুনতে ভয় পান না।
- ভুল হলে সংশোধন করেন।
- ভিন্ন মতকে সম্মান করেন।
- যুক্তি দিয়ে আলোচনা করেন।
- ব্যক্তিগত আক্রমণ এড়িয়ে চলেন।
- মানুষের কাছ থেকে শেখার মানসিকতা বজায় রাখেন।

সমালোচনা, আত্মসমালোচনা এবং মতভেদ—এই তিনটি বিষয় একটি সুস্থ গণতান্ত্রিক সংস্কৃতির অপরিহার্য অংশ।

যে ব্যক্তি নিজের ভুল দেখতে শেখেন, তিনি পরিণত হন।

যে সংগঠন সমালোচনা গ্রহণ করে, সে নিজেকে সংশোধন করতে পারে।

আর যে সমাজ ভিন্নমতকে সম্মান করে, সেই সমাজই দীর্ঘমেয়াদে আরও শক্তিশালী, উদার এবং গণতান্ত্রিক হয়ে ওঠে।

অধ্যায়ের সারসংক্ষেপ

- সমালোচনার উদ্দেশ্য হওয়া উচিত উন্নতি, অপমান নয়।
- আত্মসমালোচনা ব্যক্তিগত ও সাংগঠনিক বিকাশের গুরুত্বপূর্ণ উপায়।
- মতভেদ গণতন্ত্রের স্বাভাবিক বৈশিষ্ট্য; এটি শত্রুতার সমার্থক নয়।
- তথ্য, যুক্তি, সংলাপ এবং পারস্পরিক সম্মান—মতভেদ সামলানোর মূল ভিত্তি।
- ডিজিটাল যুগে দায়িত্বশীল ভাষা, তথ্য যাচাই এবং গঠনমূলক আলোচনা আরও গুরুত্বপূর্ণ হয়ে উঠেছে।

অধ্যায়- ১৬

সাধারণ প্রশ্নোত্তর

কমিউনিজম সম্পর্কে প্রচলিত ধারণা ও তার বিশ্লেষণ

"কোনো মতবাদকে বোঝার সবচেয়ে ভালো উপায় হলো—গুজব নয়, প্রশ্ন করা; আবেগ নয়, তথ্য ও যুক্তির সাহায্যে উত্তর খোঁজা।"

ভূমিকা

কমিউনিজম নিয়ে পৃথিবীতে বহু মত, বিতর্ক ও ভুল ধারণা রয়েছে। কেউ এটিকে সামাজিক ন্যায়ের সংগ্রামের একটি গুরুত্বপূর্ণ ধারা বলে মনে করেন, আবার কেউ এর বাস্তব প্রয়োগের বিভিন্ন অভিজ্ঞতার সমালোচনা করেন।

এই অধ্যায়ের উদ্দেশ্য কোনো পক্ষকে সঠিক বা ভুল প্রমাণ করা নয়; বরং পাঠকদের প্রচলিত প্রশ্নগুলির উত্তর বিভিন্ন দৃষ্টিভঙ্গি থেকে বোঝাতে সাহায্য করা।

প্রশ্ন ১ কমিউনিজম কি শুধুই গরিব মানুষের রাজনীতি?

উত্তর

না।

কমিউনিজম মূলত একটি সামাজিক, অর্থনৈতিক ও রাজনৈতিক মতবাদ, যা শ্রেণি, উৎপাদন সম্পর্ক, সম্পদের বণ্টন এবং সামাজিক বৈষম্য বিশ্লেষণ করে।

যদিও শ্রমিক ও কৃষকের প্রশ্নকে বিশেষ গুরুত্ব দেয়, তবু এর সমর্থক হতে পারেন শিক্ষক, চিকিৎসক, বিজ্ঞানী, ছাত্র, শিল্পী, লেখক, প্রকৌশলী বা অন্য যে কোনো পেশার মানুষ।

প্রশ্ন ২ কমিউনিজম কি ধনীদের বিরুদ্ধে?

উত্তর

এটি একটি প্রচলিত ধারণা, কিন্তু বিষয়টি আরও সূক্ষ্ম।

মার্কসবাদ ব্যক্তি হিসেবে ধনী মানুষের বিরুদ্ধে নয়; বরং অর্থনৈতিক ব্যবস্থায় সম্পদ, উৎপাদনের উপায় এবং ক্ষমতার কেন্দ্রীভবন কীভাবে বৈষম্য সৃষ্টি করে, তা বিশ্লেষণ করে।

সমালোচকেরা বলেন, বাস্তবে কিছু কমিউনিস্ট সরকার ব্যক্তিগত সম্পত্তির ওপর অতিরিক্ত নিয়ন্ত্রণ আরোপ করেছে।

সমর্থকেরা বলেন, তাঁদের লক্ষ্য ছিল অর্থনৈতিক বৈষম্য কমানো এবং সামাজিক সুরক্ষা বাড়ানো।

প্রশ্ন ৩ কমিউনিজম কি ব্যক্তিগত সম্পত্তি কেড়ে নিতে চায়?

উত্তর

এটি একটি বহুল আলোচিত প্রশ্ন।

মার্কসবাদে সাধারণত **ব্যক্তিগত ব্যবহার্য সম্পত্তি** (যেমন—বাড়ি, পোশাক, বই, সাইকেল) এবং **উৎপাদনের উপায়ের মালিকানা** (যেমন—বড় শিল্পপ্রতিষ্ঠান, খনি, বৃহৎ উৎপাদনব্যবস্থা) আলাদা করে দেখা হয়।

ইতিহাসে বিভিন্ন কমিউনিস্ট রাষ্ট্র এই প্রশ্নে ভিন্ন ভিন্ন নীতি অনুসরণ করেছে। তাই সব কমিউনিস্ট আন্দোলনের অবস্থান এক ছিল না।

প্রশ্ন ৪ কমিউনিজম কি ধর্মবিরোধী?

উত্তর

এখানেও বিষয়টি জটিল।

মার্কস ধর্মকে একটি গুরুত্বপূর্ণ সামাজিক প্রতিষ্ঠান হিসেবে বিশ্লেষণ করেছেন এবং

ধর্মের সামাজিক ভূমিকা নিয়ে সমালোচনাও করেছেন।

কিছু ঐতিহাসিক কমিউনিস্ট রাষ্ট্রে ধর্মীয় প্রতিষ্ঠানের ওপর কঠোর নিয়ন্ত্রণ ছিল।

অন্যদিকে আজ বিশ্বের অনেক গণতান্ত্রিক দেশে এমন মানুষ আছেন যারা ব্যক্তিগতভাবে ধর্মবিশ্বাসী এবং একই সঙ্গে নিজেদের বামপন্থী বা সমাজতান্ত্রিক বলে পরিচয় দেন।

অর্থাৎ, বাস্তব অভিজ্ঞতা দেশ ও সময়ভেদে ভিন্ন।

প্রশ্ন ৫ কমিউনিজম কি গণতন্ত্রের বিরোধী?

উত্তর

এ নিয়ে দীর্ঘ বিতর্ক রয়েছে।

কিছু দেশে কমিউনিস্ট শাসন একদলীয় রাজনৈতিক ব্যবস্থার সঙ্গে যুক্ত ছিল, যা গণতন্ত্র ও নাগরিক স্বাধীনতা নিয়ে সমালোচিত হয়েছে।

অন্যদিকে বহু দেশে কমিউনিস্ট বা বামপন্থী দল বহুদলীয় গণতন্ত্রের কাঠামোর মধ্যেই নির্বাচন করে, বিরোধী দলে থাকে বা সরকার পরিচালনা করে।

তাই "সব কমিউনিস্ট গণতন্ত্রবিরোধী" অথবা "সব কমিউনিস্ট গণতন্ত্রপন্থী"—দুটি দাবিই অতিসরলীকৃত।

প্রশ্ন ৬ কমিউনিজম কি সব মানুষকে সমান আয় দিতে চায়?

উত্তর

না।

কমিউনিজমের মূল আলোচনা আয়ের সম্পূর্ণ সমতা নয়; বরং শোষণ, বৈষম্য এবং উৎপাদিত সম্পদের বণ্টনের ন্যায্যতা নিয়ে।

বাস্তবে বিভিন্ন সমাজতান্ত্রিক ও বামপন্থী নীতিতে দক্ষতা, কাজের ধরন এবং সামাজিক প্রয়োজন অনুসারে পারিশ্রমিকের বিভিন্ন মডেল দেখা গেছে।

প্রশ্ন ৭ কমিউনিজম কি ব্যক্তিগত উদ্যোগের বিরোধী?

উত্তর

মার্কসবাদ মূলত বৃহৎ উৎপাদনব্যবস্থা ও মালিকানার প্রশ্ন নিয়ে আলোচনা করে।

আজকের বিশ্বে অনেক বামপন্থী দল ক্ষুদ্র ব্যবসা, সমবায়, সামাজিক উদ্যোগ এবং নিয়ন্ত্রিত বাজারব্যবস্থাকে সমর্থন করে।

অন্যদিকে কিছু ধারা অর্থনীতিতে রাষ্ট্রের বড় ভূমিকার ওপর জোর দেয়।

তাই এই প্রশ্নের উত্তর সব বামপন্থী ধারার ক্ষেত্রে এক নয়।

প্রশ্ন ৮ কেন অনেক দেশে কমিউনিস্ট সরকার ব্যর্থ হয়েছে বলে বলা হয়?

উত্তর

এটি ইতিহাসের একটি গুরুত্বপূর্ণ বিতর্ক।

সমালোচকেরা বলেন—

- কেন্দ্রীভূত ক্ষমতা,
- অর্থনৈতিক অদক্ষতা,
- রাজনৈতিক স্বাধীনতার সীমাবদ্ধতা,
- উদ্ভাবনের ঘাটতি,

কিছু দেশের ক্ষেত্রে সমস্যা সৃষ্টি করেছে।

সমর্থকেরা বলেন—

- যুদ্ধ,
- আন্তর্জাতিক নিষেধাজ্ঞা,
- বহিরাগত চাপ,
- অনুন্নত অর্থনৈতিক অবস্থা,

এসব বিষয়ও ফলাফলে প্রভাব ফেলেছে।

তাই প্রতিটি দেশের অভিজ্ঞতা আলাদাভাবে বিশ্লেষণ করা উচিত।

প্রশ্ন ৯ আজকের যুগে কি কমিউনিজম প্রাসঙ্গিক?

উত্তর

এ প্রশ্নের উত্তর মতাদর্শভেদে ভিন্ন।

সমর্থকদের মতে—

- আয়বৈষম্য,
- শ্রমিক অধিকার,
- জলবায়ু সংকট,
- কর্পোরেট ক্ষমতার বৃদ্ধি,

এসব কারণে মার্কসবাদ এখনও প্রাসঙ্গিক।

সমালোচকদের মতে—

মুক্তবাজার, প্রযুক্তি, উদ্যোক্তা সংস্কৃতি এবং উদ্ভাবন আধুনিক অর্থনীতির জন্য বেশি কার্যকর।

বাস্তবে বহু দেশ এই দুই ধারার বিভিন্ন উপাদানের সমন্বয়ে নীতি গ্রহণ করে।

প্রশ্ন ১০ একজন কমিউনিস্ট কি সবসময় সরকারের বিরোধিতা করেন?

উত্তর

না।

একজন রাজনৈতিক কর্মী বা দল কোনো নীতিকে সমর্থনও করতে পারে, সমালোচনাও করতে পারে।

গুরুত্বপূর্ণ বিষয় হলো—

সমর্থন বা সমালোচনা যেন তথ্য, নীতি এবং জনস্বার্থের ভিত্তিতে হয়।

প্রশ্ন ১১ কমিউনিস্ট হওয়ার জন্য কী করতে হবে?

উত্তর

প্রথমে পড়তে হবে।

শুধু স্লোগান জানলেই কমিউনিস্ট হওয়া যায় না।

একজন সচেতন কর্মীর উচিত—

- ইতিহাস পড়া।
- অর্থনীতি বোঝা।
- সংবিধান জানা।
- সমাজকে পর্যবেক্ষণ করা।
- মানুষের সঙ্গে কাজ করা।
- ভিন্ন মত পড়া।
- নিজের মত নিয়মিত পর্যালোচনা করা।

প্রশ্ন ১২ একজন কমিউনিস্ট কি ভুল করতে পারেন?

উত্তর

অবশ্যই।

কোনো ব্যক্তি, দল বা মতবাদ ভুলের ঊর্ধ্বে নয়।

তাই সমালোচনা, আত্মসমালোচনা, তথ্যভিত্তিক মূল্যায়ন এবং সংশোধনের সংস্কৃতি অত্যন্ত গুরুত্বপূর্ণ।

প্রশ্ন ১৩ মার্কসবাদ পড়লে কি অন্য মতবাদ পড়া উচিত?

উত্তর

হ্যাঁ।

যে কোনো বিষয় গভীরভাবে বুঝতে হলে ভিন্ন মতও পড়া জরুরি।

যেমন—

- উদারবাদ,
- রক্ষণশীল চিন্তা,
- সমাজতন্ত্র,
- পরিবেশবাদ,
- নারীবাদ,
- অর্থনীতির বিভিন্ন ধারা,
- ভারতীয় রাজনৈতিক চিন্তা,

এসব সম্পর্কে ধারণা থাকলে নিজের মতও আরও পরিণত হয়।

প্রশ্ন ১৪ একজন ভালো রাজনৈতিক কর্মীর সবচেয়ে বড় গুণ কী?

একটি গুণ নয়, বরং কয়েকটি গুণ একসঙ্গে গুরুত্বপূর্ণ—

- সততা।
- অধ্যয়নের অভ্যাস।
- মানুষের কথা শোনার ক্ষমতা।
- শৃঙ্খলা।
- সহমর্মিতা।
- তথ্যভিত্তিক চিন্তা।
- আত্মসমালোচনা।
- গণতান্ত্রিক আচরণ।

প্রশ্ন ১৫ কমিউনিজম সম্পর্কে শেখার সময় কী কী বিষয় মনে রাখা উচিত?

১. কোনো মতবাদকে শুধু সমর্থকদের লেখা থেকে নয়, সমালোচকদের লেখাও পড়ুন।

২. ইতিহাসকে একপাক্ষিকভাবে নয়, বিভিন্ন উৎস থেকে জানুন।

৩. তথ্য ও মতামতের পার্থক্য বুঝুন।

৪. কোনো নেতা বা দলকে প্রশ্নাতীত মনে করবেন না।

৫. মানুষের বাস্তব জীবনকে তত্ত্বের সঙ্গে মিলিয়ে দেখুন।

৬. নতুন তথ্য পেলে নিজের মত সংশোধন করতে প্রস্তুত থাকুন।

কমিউনিজম সম্পর্কে মতভেদ থাকবে—এটাই স্বাভাবিক। গুরুত্বপূর্ণ বিষয় হলো, আমরা যেন গুজব বা পূর্বধারণার বদলে ইতিহাস, গবেষণা, অর্থনীতি এবং বাস্তব অভিজ্ঞতার আলোকে বিষয়টি বুঝতে চেষ্টা করি।

একজন সচেতন পাঠকের লক্ষ্য হওয়া উচিত কোনো মতবাদকে অন্ধভাবে গ্রহণ বা প্রত্যাখ্যান করা নয়; বরং তথ্য, যুক্তি এবং মানবিক মূল্যবোধের ভিত্তিতে নিজস্ব মত গঠন করা।

অধ্যায়ের সারসংক্ষেপ

- কমিউনিজম নিয়ে বহু প্রচলিত ধারণা আছে; সবগুলিই সমানভাবে সঠিক বা ভুল নয়।
- ইতিহাসে বিভিন্ন কমিউনিস্ট আন্দোলন ও রাষ্ট্রের অভিজ্ঞতা একরকম ছিল না।
- কমিউনিজম বোঝার জন্য মার্কসবাদ, ইতিহাস, অর্থনীতি ও বিভিন্ন সমালোচনাও পড়া জরুরি।
- গণতান্ত্রিক আলোচনায় প্রশ্ন করা, তথ্য যাচাই করা এবং ভিন্ন মতকে সম্মান করা অপরিহার্য।

- সচেতন রাজনৈতিক শিক্ষা মানে শুধু উত্তর জানা নয়; সঠিক প্রশ্ন করতেও শেখা।

অধ্যায়– ১৭

পাঠ-পরিকল্পনা

বামপন্থী রাজনৈতিক চিন্তা বোঝার জন্য

৩ মাস, ৬ মাস ও ১ বছরের অধ্যয়নসূচি

"পড়াশোনা ছাড়া রাজনৈতিক চেতনা পূর্ণতা পায় না। যত বেশি পড়বেন, তত বেশি প্রশ্ন করবেন; যত বেশি প্রশ্ন করবেন, তত বেশি শিখবেন।"

ভূমিকা

কোনো রাজনৈতিক দর্শন—বামপন্থা, উদারবাদ, রক্ষণশীলতা বা অন্য যেকোনো ধারা—একদিনে শেখা যায় না। ধারাবাহিক অধ্যয়ন, আলোচনা, ইতিহাস, অর্থনীতি, সমাজবিজ্ঞান এবং বাস্তব অভিজ্ঞতা মিলিয়ে রাজনৈতিক বোধ গড়ে ওঠে।

এই পাঠ-পরিকল্পনার উদ্দেশ্য কোনো নির্দিষ্ট মত গ্রহণ করানো নয়; বরং একজন শিক্ষার্থীকে ধাপে ধাপে রাজনৈতিক চিন্তা বুঝতে সাহায্য করা।

প্রথম ধাপ:

৩ মাস (ভিত্তি গঠন)

লক্ষ্য

- মৌলিক ধারণা বোঝা।
- রাজনৈতিক শব্দভাণ্ডার শেখা।
- ইতিহাস ও সংবিধানের প্রাথমিক ধারণা তৈরি করা।
- তথ্য যাচাইয়ের অভ্যাস গড়ে তোলা।

প্রথম মাস

পড়ুন—

- বামপন্থা কী?
- কমিউনিজম ও মার্কসবাদ কী?
- রাষ্ট্র, সংবিধান ও গণতন্ত্র।
- শ্রেণি, শ্রম, পুঁজি ও উৎপাদনের ধারণা।
- তথ্য, মতামত ও ভুয়ো খবরের পার্থক্য।

অনুশীলন

- প্রতিদিন ৩০ মিনিট পড়া।
- নতুন ১০টি রাজনৈতিক শব্দের অর্থ লেখা।
- একটি সংবাদ তিনটি ভিন্ন উৎসে মিলিয়ে দেখা।

দ্বিতীয় মাস

পড়ুন—

- শিল্পবিপ্লব।
- শ্রমিক আন্দোলনের ইতিহাস।
- ভারতের স্বাধীনতা আন্দোলনের বিভিন্ন ধারা।
- ভারতের সংবিধানের মৌলিক অধিকার।
- পরিবেশ ও জলবায়ু পরিবর্তন।

অনুশীলন

- একটি গ্রন্থ বা অধ্যায়ের সারসংক্ষেপ লেখা।
- স্থানীয় একটি সামাজিক সমস্যার তথ্য সংগ্রহ করা।

তৃতীয় মাস

পড়ুন—

- ভারত ও বাংলার বামপন্থী আন্দোলনের ইতিহাস।
- ট্রেড ইউনিয়ন ও কৃষক সংগঠনের ভূমিকা।
- সামাজিক ন্যায়, জাতপাত, লিঙ্গবৈষম্য ও সাম্প্রদায়িকতা।

অনুশীলন

- একটি আলোচনায় অংশ নেওয়া।
- একটি বিষয় নিয়ে তথ্যভিত্তিক ১,০০০ শব্দের প্রবন্ধ লেখা।

দ্বিতীয় ধাপ:

৬ মাস (বিশ্লেষণ ক্ষমতা গড়ে তোলা)

লক্ষ্য

- বিভিন্ন রাজনৈতিক মতবাদের তুলনা করা।
- অর্থনীতি সম্পর্কে প্রাথমিক ধারণা তৈরি করা।
- ভিন্নমত পড়ে নিজের বিশ্লেষণ গড়ে তোলা।

পড়ুন

- মার্কস, এঙ্গেলস ও লেনিনের নির্বাচিত লেখা (সহজ ভাষার সংস্করণ হলে ভালো)।
- উদারবাদ, সমাজতন্ত্র ও রক্ষণশীল চিন্তার পরিচিতি।
- ভারতের অর্থনীতি, বাজেট ও করব্যবস্থার মৌলিক ধারণা।
- শ্রম আইন, ভূমি, কৃষি ও সামাজিক সুরক্ষা নিয়ে পরিচায়ক বই বা সরকারি নথি।

অনুশীলন

- একই বিষয় নিয়ে ভিন্ন মতের দুটি লেখা পড়ে তুলনা করা।
- একটি নীতি (যেমন শিক্ষা, স্বাস্থ্য বা কর্মসংস্থান) নিয়ে তথ্যভিত্তিক বিশ্লেষণ লেখা।

- প্রতি সপ্তাহে একটি বই বা প্রবন্ধের আলোচনা-নোট তৈরি করা।

তৃতীয় ধাপ:

১ বছর (গভীর অধ্যয়ন)

লক্ষ্য

- রাজনৈতিক তত্ত্বকে বাস্তব ঘটনার সঙ্গে যুক্ত করা।
- সমালোচনামূলক চিন্তা গড়ে তোলা।
- গবেষণাধর্মী পড়াশোনার অভ্যাস তৈরি করা।

অধ্যয়নের বিষয়

- রাজনৈতিক দর্শনের ইতিহাস।
- আধুনিক অর্থনীতির বিভিন্ন ধারা।
- আন্তর্জাতিক রাজনীতি।
- পরিবেশনীতি।
- প্রযুক্তি, কৃত্রিম বুদ্ধিমত্তা ও সমাজ।
- সংবিধান, বিচারব্যবস্থা ও মানবাধিকার।
- বিশ্ব ও ভারতের সামাজিক আন্দোলনের ইতিহাস।

অনুশীলন

- বছরে অন্তত ১২টি বই পড়া (প্রতি মাসে ১টি)।
- নিয়মিত বই-নোট তৈরি করা।

- তথ্যের মূল উৎস (সরকারি প্রতিবেদন, গবেষণাপত্র, আদালতের রায় ইত্যাদি) পড়ার অভ্যাস গড়ে তোলা।
- নিজের মতের বিপরীত অবস্থানও মনোযোগ দিয়ে পড়া এবং যুক্তিগুলি বোঝার চেষ্টা করা।

কীভাবে পড়বেন?

শুধু পড়লেই হবে না। একটি কার্যকর পদ্ধতি হলো—

১. **পড়ুন** – মূল লেখা বা বই।

২. **ভাবুন** – লেখকের মূল যুক্তি কী?

৩. **প্রশ্ন করুন** – কোন বিষয়ে আপনি একমত বা দ্বিমত? কেন?

৪. **যাচাই করুন** – লেখকের দাবির পক্ষে কী তথ্য আছে?

৫. **লিখুন** – নিজের ভাষায় সারাংশ লিখুন।

একটি সাপ্তাহিক অধ্যয়নসূচির নমুনা

দিন	কাজ
সোমবার	৩০–৬০ মিনিট বই পড়া

দিন	কাজ
মঙ্গলবার	একটি নির্ভরযোগ্য সংবাদ বিশ্লেষণ
বুধবার	সংবিধান বা ইতিহাস পড়া
বৃহস্পতিবার	অর্থনীতি বা সমাজবিজ্ঞান
শুক্রবার	নোট লেখা ও পুনরালোচনা
শনিবার	ভিন্ন মতের একটি লেখা পড়া
রবিবার	সাপ্তাহিক সারসংক্ষেপ ও আলোচনা

কী কী অভ্যাস গড়ে তুলবেন?

- প্রতিদিন পড়ার নির্দিষ্ট সময় রাখুন।
- নোটবই ব্যবহার করুন।
- তথ্যের উৎস লিখে রাখুন।
- নতুন শব্দের তালিকা তৈরি করুন।

- আবেগের বদলে তথ্যের ওপর গুরুত্ব দিন।
- কোনো লেখক বা মতবাদকে প্রশ্নাতীত মনে করবেন না।

কী কী এড়িয়ে চলবেন?

- শুধু সামাজিক মাধ্যম দেখে সিদ্ধান্ত নেওয়া।
- শিরোনাম পড়েই মত গঠন করা।
- ভিন্ন মত না পড়া।
- উৎস যাচাই না করে তথ্য শেয়ার করা।
- ব্যক্তিপূজাকে অধ্যয়নের বিকল্প ভাবা।

ভালো পাঠকের পাঁচটি বৈশিষ্ট্য

১. তিনি নিয়মিত পড়েন।

২. প্রশ্ন করতে ভয় পান না।

৩. নিজের মত সংশোধন করতে প্রস্তুত থাকেন।

৪. ভিন্ন মতকে পড়েন ও বোঝার চেষ্টা করেন।

৫. তথ্য, যুক্তি ও মানবিক মূল্যবোধকে গুরুত্ব দেন।

রাজনৈতিক শিক্ষা একটি চলমান প্রক্রিয়া। তিন মাসে ভিত্তি তৈরি হয়, ছয় মাসে বিশ্লেষণী ক্ষমতা বাড়ে, আর এক বছরে একজন শিক্ষার্থী বিভিন্ন মতবাদ, ইতিহাস ও সমকালীন প্রশ্ন নিয়ে আরও গভীরভাবে চিন্তা করতে শেখেন।

সবচেয়ে গুরুত্বপূর্ণ বিষয় হলো—**পড়া, প্রশ্ন করা, তথ্য যাচাই করা এবং নতুন জ্ঞান অর্জনের জন্য উন্মুক্ত থাকা।**

অধ্যায়ের সারসংক্ষেপ

- রাজনৈতিক শিক্ষা ধাপে ধাপে গড়ে ওঠে।
- ৩ মাসে মৌলিক ধারণা, ৬ মাসে তুলনামূলক বিশ্লেষণ, ১ বছরে গভীর অধ্যয়নের লক্ষ্য রাখা যেতে পারে।
- পড়া, নোট নেওয়া, প্রশ্ন করা এবং তথ্য যাচাই—এই চারটি অভ্যাস দীর্ঘমেয়াদে সবচেয়ে মূল্যবান।
- ভিন্ন মত পড়া এবং সমালোচনামূলক চিন্তা গড়ে তোলা একজন সচেতন নাগরিক ও রাজনৈতিক শিক্ষার্থীর অপরিহার্য দক্ষতা।

অধ্যায়– ১৮

পরিশিষ্ট-১

নির্বাচিত পাঠতালিকা

প্রাথমিক, মধ্যম ও অগ্রসর স্তর

"একটি বই আপনাকে উত্তর দিতে পারে, কিন্তু অনেক বই আপনাকে চিন্তা করতে শেখায়। একজন সচেতন পাঠক শুধু নিজের মতের বই পড়েন না; ভিন্ন মতও পড়েন।"

ভূমিকা

রাজনৈতিক শিক্ষা কখনো একটি বই পড়ে শেষ হয় না। সমাজ, অর্থনীতি, রাষ্ট্র, ইতিহাস এবং মানুষের জীবন সম্পর্কে গভীর ধারণা তৈরি করতে হলে দীর্ঘদিন ধরে পড়তে হয়।

এই পাঠতালিকা এমনভাবে তৈরি করা হয়েছে যাতে একজন নতুন পাঠক ধাপে ধাপে জটিল বিষয়গুলো বুঝতে পারেন।

পাঠগুলো তিনটি স্তরে ভাগ করা হয়েছে—

- **প্রাথমিক স্তর** — ধারণা তৈরি।

- **মধ্যম স্তর** — বিশ্লেষণ ক্ষমতা বৃদ্ধি।
- **অগ্রসর স্তর** — গবেষণামূলক অধ্যয়ন।

প্রথম স্তর (প্রাথমিক)

লক্ষ্য

রাজনীতি, সমাজ ও অর্থনীতির মৌলিক ধারণা তৈরি করা।

---

১. The Communist Manifesto (সহজ বাংলা বা ইংরেজি অনুবাদ)

এই ছোট বইটি কমিউনিজমের মৌলিক ধারণা বোঝার জন্য গুরুত্বপূর্ণ। নতুন পাঠকের জন্য ব্যাখ্যাসহ সংস্করণ পড়া সুবিধাজনক।

---

২. Value, Price and Profit

মজুরি, শ্রম এবং লাভ সম্পর্কে সহজ ভাষায় আলোচনা।

---

৩. ভারতের সংবিধান (সহজ ভাষার সংস্করণ)

মৌলিক অধিকার, রাষ্ট্র পরিচালনার নীতি এবং নাগরিকের দায়িত্ব বুঝতে।

---

৪. ভারতের স্বাধীনতা আন্দোলনের সংক্ষিপ্ত ইতিহাস

বিভিন্ন রাজনৈতিক ধারার ভূমিকা বোঝার জন্য।

---

৫. পরিবেশ ও জলবায়ু পরিবর্তন বিষয়ে পরিচায়ক বই

আধুনিক রাজনীতিতে পরিবেশের গুরুত্ব বোঝার জন্য।

দ্বিতীয় স্তর (মধ্যম)

লক্ষ্য

মার্কসবাদ, সমাজবিজ্ঞান ও অর্থনীতির গভীর ধারণা তৈরি করা।

---

১. Socialism: Utopian and Scientific

সমাজতন্ত্রের ঐতিহাসিক বিকাশ বোঝার জন্য গুরুত্বপূর্ণ।

---

২. The State and Revolution

রাষ্ট্র সম্পর্কে মার্কসবাদী ধারণার একটি প্রভাবশালী ব্যাখ্যা।

---

৩. What Is to Be Done?

রাজনৈতিক সংগঠন ও আন্দোলন নিয়ে ঐতিহাসিক আলোচনা। পড়ার সময় এর ঐতিহাসিক প্রেক্ষাপট বোঝা জরুরি।

---

৪. Annihilation of Caste

ভারতে জাতপাত ও সামাজিক ন্যায় বোঝার জন্য অত্যন্ত গুরুত্বপূর্ণ।

---

৫. The Discovery of India

ভারতের ইতিহাস ও সংস্কৃতি সম্পর্কে বিস্তৃত আলোচনা।

---

৬. ভারতীয় অর্থনীতি বিষয়ক পরিচায়ক গ্রন্থ

বাজেট, কর, কর্মসংস্থান, কৃষি ও শিল্প সম্পর্কে প্রাথমিক বিশ্লেষণ।

তৃতীয় স্তর (অগ্রসর)

লক্ষ্য

গভীর তাত্ত্বিক ও গবেষণামূলক অধ্যয়ন।

---

১. Capital, Volume I

মার্কসের সবচেয়ে গুরুত্বপূর্ণ অর্থনৈতিক গ্রন্থ।

এটি ধীরে ধীরে এবং ব্যাখ্যাসহ পড়া উচিত।

---

২. The German Ideology

ঐতিহাসিক বস্তুবাদ ও সমাজ বিশ্লেষণের গুরুত্বপূর্ণ উৎস।

---

৩. Imperialism, the Highest Stage of Capitalism

সাম্রাজ্যবাদ নিয়ে মার্কসবাদী বিশ্লেষণ।

---

৪. The Open Society and Its Enemies

মার্কসবাদসহ বিভিন্ন রাজনৈতিক দর্শনের সমালোচনামূলক বিশ্লেষণ। ভিন্ন দৃষ্টিভঙ্গি বোঝার জন্য গুরুত্বপূর্ণ।

---

৫. The Road to Serfdom

পরিকল্পিত অর্থনীতি ও রাষ্ট্রের ভূমিকা নিয়ে একটি প্রভাবশালী সমালোচনামূলক গ্রন্থ।

---

৬. Why Nations Fail

অর্থনৈতিক উন্নয়ন, প্রতিষ্ঠান ও রাষ্ট্র নিয়ে সমসাময়িক আলোচনা।

ভারত ও বাংলার ইতিহাস পড়ার জন্য

- India After Gandhi

- The Argumentative Indian
- পশ্চিমবঙ্গের রাজনৈতিক ও সামাজিক ইতিহাস নিয়ে বিশ্ববিদ্যালয় প্রকাশিত গবেষণাগ্রন্থ।
- ভারতের শ্রমিক ও কৃষক আন্দোলনের ইতিহাসবিষয়ক গবেষণা।

অর্থনীতি শেখার জন্য

- অর্থনীতির প্রাথমিক পাঠ্যবই।
- ভারতের অর্থনৈতিক সমীক্ষা (Economic Survey)।
- কেন্দ্রীয় বাজেটের সারসংক্ষেপ।
- Reserve Bank of India-এর প্রকাশনা।
- National Statistical Office-এর পরিসংখ্যান।

সংবিধান ও আইন

- ভারতের সংবিধান।
- মৌলিক অধিকার।
- রাষ্ট্র পরিচালনার নির্দেশমূলক নীতি।
- শ্রম আইন ও সামাজিক সুরক্ষা সম্পর্কিত পরিচায়ক বই।
- মানবাধিকার বিষয়ক প্রাথমিক গ্রন্থ।

সমাজবিজ্ঞান

- জাতপাত।
- লিঙ্গবৈষম্য।
- সামাজিক ন্যায়।
- নগরায়ণ।
- গ্রামীণ সমাজ।
- শিক্ষা ও স্বাস্থ্যনীতি।

পরিবেশ

- জলবায়ু পরিবর্তন।
- জীববৈচিত্র্য।
- টেকসই উন্নয়ন।
- পরিবেশনীতি।
- পরিবেশগত ন্যায় (Environmental Justice) ।

পড়ার নিয়ম

শুধু বই শেষ করাই লক্ষ্য নয়।

প্রতিটি বই পড়ে—

- মূল ধারণা লিখুন।
- নতুন শব্দ লিখুন।
- লেখকের সঙ্গে কোথায় একমত বা দ্বিমত তা লিখুন।

- বইটির সীমাবদ্ধতা কী হতে পারে তা ভাবুন।
- অন্য লেখকের সঙ্গে তুলনা করুন।

কীভাবে নোট তৈরি করবেন?

প্রতিটি বইয়ের জন্য একটি পাতায় লিখুন—

বইয়ের নাম

লেখক

প্রকাশকাল

মূল বক্তব্য

গুরুত্বপূর্ণ উদ্‌ধৃতি (নিজের ভাষায় সারাংশ)

যে প্রশ্নগুলো আপনার মনে এসেছে

বর্তমান সমাজের সঙ্গে সম্পর্ক

কোন ভুল করবেন না

✕ শুধু একটি মতবাদের বই পড়বেন না।

✕ সামাজিক মাধ্যমকে বইয়ের বিকল্প ভাববেন না।

✕ কোনো লেখককে প্রশ্নাতীত মনে করবেন না।

✕ তথ্য যাচাই না করে উদ্‌ধৃতি ব্যবহার করবেন না।

❌ বই না পড়ে শুধু সংক্ষিপ্ত ভিডিও দেখে সিদ্ধান্ত নেবেন না।

একজন ভালো পাঠকের দশটি অভ্যাস

১. প্রতিদিন পড়েন।

২. নোট লেখেন।

৩. প্রশ্ন করেন।

৪. ভিন্ন মত পড়েন।

৫. তথ্য যাচাই করেন।

৬. তাড়াহুড়ো করে সিদ্ধান্ত নেন না।

৭. ইতিহাসের প্রেক্ষাপট বোঝেন।

৮. বাস্তব জীবনের সঙ্গে তত্ত্ব মিলিয়ে দেখেন।

৯. ভুল হলে মত সংশোধন করেন।

১০. শেখাকে আজীবনের অভ্যাস হিসেবে গ্রহণ করেন।

একজন সচেতন রাজনৈতিক শিক্ষার্থী শুধু মার্কস, এঙ্গেলস বা লেনিন পড়ে থেমে যান না; তিনি B. R. Ambedkar, Mahatma Gandhi, Jawaharlal Nehru, Amartya Sen, Karl Popper, Friedrich Hayek এবং সমসাময়িক গবেষকদেরও পড়েন। কারণ জ্ঞানের শক্তি বাড়ে তুলনামূলক অধ্যয়নে, অন্ধ অনুসরণে নয়।

সত্যিকার অর্থে রাজনৈতিক শিক্ষা তখনই পূর্ণতা পায়, যখন একজন পাঠক **প্রশ্ন করতে শেখেন, তথ্য যাচাই করতে শেখেন এবং ভিন্ন মতের সঙ্গে যুক্তিপূর্ণ সংলাপ করতে শেখেন।**

সমাপনী

বামপন্থা কোনো মুখস্থ করার বিষয় নয়; এটি মানুষের জীবন, সমাজ ও ইতিহাসকে বৈজ্ঞানিকভাবে বোঝার একটি ধারাবাহিক প্রক্রিয়া। এই বই কেবল সেই দীর্ঘ যাত্রার একটি প্রাথমিক পদক্ষেপ। একটি বই পড়েই বামপন্থার পূর্ণাঙ্গ জ্ঞান অর্জন সম্ভব নয়; নিয়মিত অধ্যয়ন, আত্মসমালোচনা, বাস্তব অভিজ্ঞতা এবং মানুষের সঙ্গে নিবিড় সম্পর্কের মধ্য দিয়েই একজন সচেতন বামপন্থী কর্মী গড়ে ওঠেন।

আজকের বিশ্বে বৈষম্য, শোষণ, বেকারত্ব, সাম্প্রদায়িকতা, যুদ্ধ এবং পরিবেশ সংকট আমাদের সামনে নতুন নতুন প্রশ্ন তুলে ধরছে। এসব প্রশ্নের উত্তর খুঁজতে হলে কেবল আবেগ নয়, প্রয়োজন যুক্তি, বিজ্ঞানমনস্কতা এবং মানবমুক্তির আদর্শ। সেই পথেই বামপন্থা আমাদের চিন্তা করতে, প্রশ্ন করতে এবং সংগঠিতভাবে কাজ করতে শেখায়।

এই বইয়ের উদ্দেশ্য কোনো চূড়ান্ত সত্য ঘোষণা করা নয়; বরং পাঠকের মধ্যে জানার আগ্রহ সৃষ্টি করা, অধ্যয়নের অভ্যাস গড়ে তোলা এবং সমাজ পরিবর্তনের সংগ্রামে সচেতনভাবে অংশগ্রহণের অনুপ্রেরণা

জাগানো। আপনি যদি এই বই পড়ে আরও পড়তে চান, আরও জানতে চান এবং সমাজকে গভীরভাবে বুঝতে আগ্রহী হন, তবে এই বই তার উদ্দেশ্য পূরণ করেছে।

মনে রাখতে হবে, একটি ন্যায়ভিত্তিক, শোষণমুক্ত ও মানবিক সমাজ গড়ে তোলা কোনো একক ব্যক্তির কাজ নয়। এটি সম্মিলিত চেতনা, সংগঠিত প্রচেষ্টা এবং অবিরাম শিক্ষার ফল। তাই পড়ুন, ভাবুন, প্রশ্ন করুন, আলোচনা করুন এবং মানুষের পাশে দাঁড়ান।

আপনার মূল্যবান মতামত, সমালোচনা ও পরামর্শ ভবিষ্যতের সংস্করণকে আরও সমৃদ্ধ করবে। পাঠক হিসেবে আপনার সহযোগিতাই এই প্রচেষ্টার সবচেয়ে বড় শক্তি।

সংগ্রাম চলুক, শিক্ষা চলুক, মানবমুক্তির স্বপ্ন অটুট থাকুক।

– দেবব্রত বালা

প্রকৌশলী ও সমাজকর্মী

াামপন্থা শিখতে হয়:

একটি প্রাথমিক কোর্স

মপন্থা কেবল একটি রাজনৈতিক পরিচয় নয়, ট একটি বৈজ্ঞানিক বিশ্বদৃষ্টিভঙ্গি, শোষণমুক্ত াজ গঠনের স্বপ্ন এবং সংগঠিত মানুষের ক্তর পথ। এই বই নবীন পাঠক ও কর্মীদের জন্য মপন্থার মৌলিক ধারণা, ইতিহাস, তত্ত্ব, কৌশল সংগঠন সম্পর্কে সহজ ভাষায় একটি প্রাথমিক ঠ্য হিসেবে রচিত।

টিতে কী আছে?

- বামপন্থা কী এবং কেন প্রয়োজন
- মার্কসবাদ: মুল ধারণা ও ভিত্তি
- শ্রেণী, রাষ্ট্র ও বিপ্লবের তত্ত্ব
- বামপন্থার ইতিহাস ও বিকাশ
- অর্থনীতি, পুঁজিবাদ ও শোষণের বিশ্লেষণ
- রাজনৈতিক সংগঠন ও গণআন্দোলনের কৌশল
- নবীন কর্মীদের জন্য নির্দেশনা

কারা পড়বেন?

-যুব, শ্রমিক, কৃষক, নবীন রাজনৈতিক কর্মী, জকর্মী এবং যারা বামপন্থা সম্পর্কে জানতে ক – তাদের জন্য এই বই।

দেবব্রত বালা

প্রকৌশলী ও সমাজকর্মী

ৗশল পেশার সঙ্গে যুক্ত থেকেও সমাজ পরিবর্তনের ও বাস্তব কাজের সঙ্গে দীর্ঘদিন ধরে জড়িত। য, সমাজ ও রাজনীতি সম্পর্কে গভীর আগ্রহ থেকে বই রচনা।

www.ingramcontent.com/pod-product-compliance
Lightning Source LLC
LaVergne TN
LVHW100304210926
848480LV00003B/1014
* 9 7 9 8 9 0 5 6 0 8 8 0 3 *